우리는 이렇게
사랑하고야 만다

어떤 순간에는,
살아 있음 그 자체가
우리를 살게 하기도 했다.

수오서재

우리는 이렇게 사랑하고야 만다

고수리 에세이

차례

순간이 나를 붙잡은 순간

이야기가 말을 걸어올 때

우리는 이렇게 사랑하고야 만다

+
+

프롤로그

이봐요, 당신 삶이 아름다워요

특별할 것 없는데도 빤히 바라보게 되는 모습이 있다.
누군가의 뒷모습들-앞서 걷는 사랑하는 사람의 등. 자전거를 타고 지나가는 연인. 나란히 걸어가는 노부부. 수화로 대화하는 두 사람. 계단에 구부정히 앉은 아저씨. 엄마 손을 잡고 걸어가는 아이. 유모차에 늙은 개를 태우고 가는 할머니. 한쪽 어깨가 기울어진 채 장바구니를 들고 가는 아주머니.
그런 뒷모습들을 볼 때면 이상한 기분에 휩싸인다. 뭐라 설명할까. 그저 스쳐 가는 풍경처럼 자연스럽고 평범하지만, 알고 보면 오롯이 타인의 눈에만 비치는 외진 모습이기에. 그림자처럼 짙고도 외로운 색깔을 드리우기에. 뒷모습은 뭉클하다. 그래서일까. 나는 자주 걸음을 늦추고 누군가의 뒷모습을 바라본다. 그리고 그의 삶을 짐작해본다. 정작 당신은 모르는 뒷모습에 담긴 이야기를.

하나. 아무래도 당신은 슬퍼 보이네요.
황사가 거세던 뿌연 오후였다. 은행 옆을 지나가다가 한 여자를 발견했다. 그녀는 담벼락을 마주 보고 쪼그려 앉아 있었다.
여자의 뒷모습. 가방은 곁에 떨어져 있었고 허름한 재킷 밑단은 바닥에 끌려 지저분했다. 웅크린 여자의 등이 보였다. 따갑게 불어대는 황사 바람에 물 빠진 갈색 머리칼이 아무렇게나 휘날렸다. 헝클어진 그녀의 머리 위로 담배 연기가 퍼져 나갔다. 이상할 정도로 알싸한 모습이었다. 흘깃 여자의 얼굴을 보았다.

그녀는 울고 있었다. 담벼락을 마주 보고 소리 죽여 울고 있었다. 태우지도 않는 담배는 저 혼자 타들어 가고 있었다. 아. 스무 살 때의 내가 떠올랐다. 친권자의 동의가 없어서 학자금 대출이 불가능하다는 직원의 말에, 나는 은행 옆 골목으로 숨어 들어가 눈물을 훔쳤었다. 그때는 몰랐다. 눈물로 어룽지는 골목길 바닥에 어째서 그토록 많은 담배꽁초가 있었는지.

은행은 울기에 적합한 장소가 아니었다. 대낮이었고 많은 사람이 지나가고 있었다. 나는 못 본 척 발걸음을 재촉했지만 자꾸 그녀의 뒷모습이 아른거렸다. 그래도 단단한 담벼락이 그녀 앞에 막혀 있어 다행이라고 생각하며 아무도 그녀의 눈물을 눈치 채지 못하기를 바랐다.

둘. 나는 당신의 행복을 미리 보았어요.

남편과 여행에서 돌아오던 길. 우리는 꽉 막힌 도로 위에서 내리쬐는 직사광선을 고스란히 받아내고 있었다. 좀처럼 움직이지 않는 자동차 바퀴는 아예 아스팔트에 붙어버린 것 같았다. 그리고 우리도. 몸도 마음도 진득하게 지쳐버려서 아무 말이 없었다.

나는 앞에 선 트럭만 멀뚱히 쳐다보았다. 먼지를 뒤집어쓴 소형 고물 트럭이었다. 곳곳에 녹이 슬고 때가 껴서 한층 더 허름해 보였다. 그런데 가만 보니 조금 이상했다. 빈 화물칸에 아이 책가방 하나만 달랑 놓여 있었다. 빨간색 이름표가 앙증맞게 붙어 있는 파란 책가방. 가방의 주인이 궁금했다.

트럭 운전칸으로 시선을 옮기자 뒤통수 두 개가 보였다. 운전석에 큰 뒤통수와 보조석에 작은 뒤통수. 보조석 쪽의 앉은키가 낮고 조그만 걸 보니 아마도 가방의 주인인 듯싶었다.

"저 트럭에 탄 사람들 아빠랑 아들인 거 같아."

남편에게 말을 걸었다.

"운전석 뒤통수는 큰데, 보조석 뒤통수는 어깨까지밖에 안 와. 저기 봐봐. 화물칸에 꼬맹이 가방 보여?"

"그러네."

"아빠랑 아들인가 봐. 그런데 되게 정답다."

"그걸 어떻게 알아?"

"그냥. 보면 다 알아."

트럭에 앉아 있는 두 뒷모습은 자주 서로를 마주 보았다. 아빠는 아들 쪽으로 머리를 기울였고 아들은 아빠를 올려다보았다. 아빠의 오른손이 아들의 머리를 쓰다듬어 주었다. 조잘조잘 이야기 나눌 부자의 모습이 떠올랐다.

그들의 뒷모습을 보고 있노라니 우리 부부가 괜히 심각한 것 같았다. 막히면 좀 어때. 별에 타면 좀 어때. 노래나 들으면서 얘기나 나누면서 천천히 가자. 우리는 마주 보고 웃었다.

서서히 차들이 움직이기 시작했다. 보호 턱을 넘을 때마다 화물칸 가방에 달린 이름표가 달랑달랑 흔들렸다. 나는 그 이름표의 주인공에게 말해주고 싶었다.

'지금은 모를 테지만 한 20년쯤 시간이 지났을 때, 너는 이 순간을 행복했던 한때로 떠올리게 될 거야.'

누군가의 행복이 너무나도 빤히 보여서 기분이 이상했다.

뒷모습들을 바라보며 생각한다. 지금은 모르겠지만. 아니, 당신은 영영 모를 테지만 슬픔도 행복도 모두 당신의 등 뒤에 펼쳐져 있다고. 스쳐 가는 풍경처럼 자연스럽고 평범하지만, 몹시도 뭉클한 모습으로. 그림자처럼 짙고도 외로운 색깔로.
"이봐요, 당신 삶이 아름다워요."
다가가 속삭여주고 싶다. 하지만 아름다운 것들은 모른 척 지나가야 오래오래 머무는 법. 나는 단지 발걸음을 늦추고 당신의 뒷모습을 빤히 쳐다볼 뿐이다.

우리는 그렇게 웅크리고 그렇게 걷고 그렇게 살고 있다고.
오늘도. 그리고 내일도. 삶은 우리 등 뒤로 아름답게 펼쳐진다.

순간이 나를

붙잡은 순간

◇
○

순간이 나를 붙잡은 순간

"순간을 붙잡으라는 말이 있잖아, 나는 그 반대라고 생각해.
순간이 우릴 붙잡는 거야."
-영화 〈보이후드〉

누구나 살아온 지난날을 되돌아보면 반짝이는 순간들이 있다. 마음 속에 남은 기억과 추억 같은 것들. 모두 내가 붙잡은 순간이라고 생각하지만, 어떤 순간은 아니다. 떠올리는 것과 동시에 찡하고 마음을 울리고 마는 그런 순간이 있다. 순간이 나를 붙잡은 순간. 내겐 그날이 그랬다.

눈을 감았다 뜨면, 한 10년쯤 시간이 지나가 있었으면 좋겠다고.

열일곱 살이었던 나는 매일 밤 잠자리에 누워 생각했다. 그 무렵 부모님이 이혼했다. 한 가족이 부서지기까지 얼마나 많은 소란이 지나가는지, 얼마나 많은 불행이 필요한지 겪어보지 않으면 모른다. 긴긴 시간 불행이 일상처럼 머물렀다. 그 시간을 견디는 방법으로 나는 조용히 입을 다물었다. 그리고 밖에서는 웃는 얼굴을 썼다. 친구들과 잘 지내고 공부 잘하고 잘 웃는 착한 아이. 하지만 내 이야기는 절대 하지 않는 조숙한 아이로 살았다.

부모님이 헤어지고 낯선 곳으로 떠나야 했던 나는, 떠나기 전 우연히 백일장에 참가하게 됐다. 소설가들을 만나 이야기도 나누고 글도 쓰는 자리였는데, 자유로운 분위기답게 그냥 쓰고 싶은 글을 써보라고 했다. 무슨 글을 써야 할지 난감했다.

부끄러운 일이지만 나는 그동안 솔직한 이야기를 쓴 적이 없었다. 곧잘 지어내거나 그럴 법한 이야기로 원고지를 채우곤 했다. 그런 글로 상을 받은 날은 기분이 좋지 않았다. 글을 쓴 나도, 글을 읽은 심사위원들도 모두 별로인 것 같았다. 그러나 이제 나는 떠날 사람이었고 수상 욕심도 없었다. 그래서였던 것 같다. 누군가에게 마지막 편지를 남기는 심정으로 내 이야기를 써 내려갔다. 아무도 없는 운동장을 달렸던 이야기였다.

가장 늦게 교실을 나선 날이었다. 나는 어디로 가야 할지 몰라 운동장 스탠드에 앉아 있었다. 부모님이 이혼했다. 그게 내 불행의 끝인지, 아니면 또 다른 시작일지 모를 일이다. 다만 혼란스러웠다. 불행한 일상이라도 돌아갈 자리가 있다는 건 안도감을 줬으니까. 하지만 이젠 그마저도 없어졌다. 어디로 가야 할지, 무엇을 해야 할지 몰랐다. 나는 아무 힘 없는 열일곱 살 여자애일 뿐이었다. 갑자기 어마어마한 두려움이 몰려왔다. 멍하니 텅 빈 운동장만 바라보았다. 지금 내가 갈 수 있는 곳, 지금 내가 할 수 있는 일. 일어나 운동장으로 내려갔다. 구겨진 운동화 뒤축을 고쳐 신었다. 그리고 달리기 시작했다. 완전히 지쳐버릴 때까지 나는 달렸다.

처음으로 쓴 솔직한 글이었다. 그런데 이 글이 덜컥 상을 받았다. 수상으로만 그치는 게 아니라, 소설가들의 심사평을 듣고 단상에서 작품을 낭독해야 했다. 그동안 아무에게도 하지 않았던 이야기를 낯선 사람들에게 해야 한다니. 눈앞이 캄캄해졌다.
내 글을 심사평 해준 사람은 그리 유명하지 않은 소설가였다. 수더분한 인상에 수줍음이 많은 사람 같았다. 그가 작지만 차분한 목소리로 말했다.
"이 글을 읽고 노래 〈My Way〉가 떠올랐습니다. 한 편의 노래 같은 글이었어요. 꺼내기 힘든 이야기였을 텐데 글쓴이의 솔직한 목소리가 참 좋았습니다. 앞으로도 이런 글을 써줬으면 좋겠어요. 그날의 달리기처럼 꿋꿋하게 자신의 길을 걸어가길 바랍니다."

나는 내내 고개를 떨구고 있었다. 글을 쓴 사람이 나라는 걸 들키고 싶지 않았다. 솔직하게 글을 쓴다는 것이 이렇게 부끄러운 일일 줄이야. 얼굴이 달아올랐다. 소설가는 나와서 글을 읽어보라고 했다. 나는 고개를 푹 숙인 채 사람들 앞에 섰다.

더듬거리며 글을 읽기 시작했다. 얼마 읽지도 못했는데 목이 메었다. 더 읽지 못할 것 같아 그만둘 마음으로 고개를 들었다. 그런데 그 순간, 이상한 일이 벌어졌다. 갑자기 시간이 아주 느리게 흘렀다. 아무 소리도 들리지 않고 눈앞에 풍경만 천천히 움직였다. 창가로 옅은 주황색 햇살이 비쳐 들었다. 눈부셨던 실루엣들이 하나둘 선명해졌을 때, 숨이 멎는 것만 같았다.

사람들이 모두 나를 바라보고 있었다. 따분해하는 사람 하나 없이 모두가 진지하게 귀를 기울이고 있었다. 아무도 나에게 관심 없을 줄 알았다. 아무도 내 이야기 들어주지 않을 줄 알았다. 나는 하마터면 울 뻔했다. 고개를 숙이고 다시, 떨리는 목소리로 끝까지 낭독을 마쳤다. 순간이 나를 붙잡은 순간이었다.

얼마 후 나는 낯선 곳으로 떠났다. 상황만 조금 다를 뿐, 예전과 비슷하게 힘든 날들이 이어졌다. 나는 여전히 속내를 보이지 않는 아이였고 이따금 내가 불행하다고 생각했다. 하지만 더는 잠자리에 누워 말도 안 되는 소원을 빌지는 않았다. 대신에 글을 썼다. 빈 종이에 솔직한 이야기를 꺼내기 시작했다. 그렇게 쓰기 시작한 글이 지금에 이르렀다.

그날을 여러 번 되감아 본다. 내가 글을 낭독하지 않았다면, 진심 어린 심사평을 만나지 않았다면, 솔직한 이야기를 쓰지 않았다면, 백일장에 나가지 않았다면, 아무것도 하지 않았다면, 그저 불행하다고만 생각했다면. 나는 지금 어떤 사람이 되어 있을까. 순간이 나를 붙잡았던 그 순간 이후로 내 삶은 바뀌었다.

현실에서 도망쳐 시간을 달리고 싶었던 여자애는 이제 달리기를 그만뒀다. 지금, 살아 있는 순간을 느끼며 천천히 걷기로 했다. 여전히 쉽진 않지만 조금은 알 것 같다. 그저 불행하기만 한 삶은 없다. 살다 보면 불행한 순간도, 슬픈 순간도, 행복한 순간도, 마음을 울리는 순간도 만나게 된다. 그 순간들로 채워진 시간이 나를 만들었다.

똑딱똑딱.

지금도 지나가고 있는 시간 속에는 수없이 많은 순간이 반짝인다.

순간을 단숨에 지나치려 하지 않고, 모든 순간을 잡으려 애쓰지 않고, 순간이 나를 붙잡을 수 있도록 천천히 걸어가는 것은 꽤 괜찮은 삶의 태도라고 생각한다. 어쩌다 순간에 붙잡힌다 해도 좋을 일이다. 내가 삶을 살아가고 있다고 생각하지만 반대로 삶이 나를 살아가게 하기도 하니까. 어떤 순간에는, 살아 있음 그 자체가 우리를 살게 하기도 했다.

◇
○

엄마에게 보낸 첫 번째 메시지

어느 바쁜 하루. 그날따라 엄마에게서 자꾸 전화가 왔다.

아침에 한 번.

"딸, 일어났어?"

"응. 이제 준비하고 나가려고."

점심에 한 번.

"딸, 밥 먹었어?"

"아직. 이따가 먹으려고."

한 시간쯤 지나서 한 번.

"딸, 뭐해?"

"일해. 엄마, 내가 이따가 전화할게."

그리고 10분 뒤에 또 한 번.

"딸, 엄마 지금 시내 나왔는데…."

"엄마! 나 바빠. 이따가 전화한다니깐!"

결국 나는 짜증을 내버렸고 엄마는 '우리 딸 많이 바쁜가 보네. 미안.' 소곤거리며 전화를 끊었다. 통화를 마치자마자 후회가 밀려왔다. 하지만 인상 팍 한숨 폭. 다시 키보드를 두드렸다.

30분쯤 지났을까. 엄마에게서 또 전화가 왔다. 울리는 휴대폰. 액정 위에 뜬 '엄마'라는 두 글자를 보며 나는 잠시 망설였다. 받을까 말까. 받아야 하나 말아야 하나. 멀뚱히 쳐다만 보다가 한숨 한 번 내쉬고 전화를 받았다.

"엄마, 왜?"

"바쁜데 미안. 있잖아. 엄마 방금 휴대폰 바꿨어."

"엄마 혼자서? 서울 올라오면 내가 바꿔준댔잖아."

"아니…. 휴대폰 액정이 다 깨진 데다가 통화할 때도 자꾸 끊기고. 전화 오는 사람들이 불편하다잖아. 그래서 아까 시내 가서 휴대폰 바꿨어. 얘기할랬는데 너 바쁜 거 같아서. 괜찮아. 엄마도 혼자서 이런 거 할 수 있어."

아. 그제야 지난 번 엄마를 만났을 때 휴대폰 액정이 깨져 있었던 게 생각났다. 엄마 유릿가루 위험해. 나는 금이 간 액정 위에 넓적한 투명 테이프를 붙여준 게 전부였다. 그러다 또 깨달았다. 손가락을 꼽아 세어보니, 엄마의 휴대폰은 이미 4년이나 훌쩍 넘은 고물이었다는 걸. 나의 시간은 바쁘게 흘렀지만, 엄마의 시간은 빠르게 흘렀다. '엄마, 바빠 바빠' 하면서 미루고 쌓인 시간이 알고 보니 4년이었다. 그제야 내 목소리가 누그러졌다. 아니, 기어들어 갔다.
"좋은 거로 바꿨어?"
"제일 싼 거로. 요새 뭐라고 하더라. 보급형? 그런 게 있대. 그래서 그걸로 바꿨어."
"이왕이면 좋은 거로 바꾸지…."
"통화만 잘 되면 됐지 뭐. 그런데 딸…."

엄마는 머뭇거리다가 말했다.
"지금 많이 바빠?"

"아냐. 괜찮아."

"그럼 엄마 부탁 하나만."

"뭔데?"

"엄마가 휴대폰을 바꾸면서 문자 메시지 500개 저장된 걸 다 지웠어. 문자는 옮길 수가 없다는 거야. 그래서 지금 휴대폰에 메시지가 하나도 없어. 네 문자도 지워진 거 있지. 다 저장해놨었는데…. 그러니까 지금 메시지 하나만 보내줘. '사랑해'라고."

"부탁이 겨우 그거야?"

"메시지가 하나도 없으니까 엄마 너무 쓸쓸해. 바빠도 지금 바로 '사랑해' 메시지 하나만 보내줘. 꼭! 알았지? 그럼 얼른 일해. 엄마 끊을게."

휴대폰 앱 메신저는 내용을 저장할 수 없다고 문자 메시지만 사용하던 엄마였다. 그래도 그렇지. 내가 보낸 메시지를 모두 저장하고 있을 줄은 몰랐다. 통화를 마치고 나는 엄마에게 메시지를 보냈다. 진지하게 보내기가 영 쑥스러워 장난스러운 말투로.

- 엄마 사랑해! ♡♡

그동안 엄마와 주고받은 메시지들을 읽어보았다. 메시지보다 엄마

번호가 찍힌 캐치콜 알림이 더 많았다. 그리고 그 사이사이에 보이는 엄마의 메시지들.

- 일하고 있니. 바쁜데 고마워 딸. 고생하렴. 오냐 딸. 그래 딸. 어서 씻고 자렴. 사랑해 딸.

마음이 얼얼했다. 그래도 그나마 다행이다. 엄마 새 휴대폰의 첫 번째 메시지는 '엄마 사랑해! ♡♡'일 테니까.

다시 일을 해야 할 시간. 딸아 딸아 개딸아. 더도 덜도 말고 딱 너 같은 딸 하나만 낳아서 키워봐라. 나쁜 기지배. 나는 모니터에 고개를 파묻고 키보드를 두드렸다. 자꾸만 눈자위가 시큰거렸다. 모니터 글씨들이 꼬불꼬불 흐려졌다. 입을 앙다물고선 생각했다. 정말 이따위로 못난 딸이지만, 그래도 엄마를 사랑하는 나의 메시지가 전해졌으면 좋겠다고.

◇
○

마음이 마음에게

서른두 번째 생일에 수국 꽃다발을 선물받았다. 품에 안아보니 연분홍색 수국이 소복이 예쁘다. 그러고 보니 나 언젠가 지금처럼 수국을 안았던 적이 있었지. 어떤 기억 하나가 떠올랐다.

나에겐 친한 친구 셋이 있다. 그중 둘의 생일이 일주일 사이로 붙어 있어서 생일 주간이 다가오면 다 같이 만나 축하하곤 했다. 스물다섯 살, 그해 생일 주간에도 우린 만나기로 했다. 그러나 나는 오랜만의 만남이 마냥 기쁘지만은 않았다. 이미 돈을 벌고 있는 친구들과 달리, 취업준비생인 나는 주머니 사정이 여유롭지 못했다. 솔직히 책 한 권조차 선물할 돈이 없었다. 이런 사정을 말하자니 부끄럽고 괜히 자존심이 상했다. 그냥 사정이 있어서 못 나간다고 할까. 그래도 친한 친구들인데 축하는 해줘야지. 이래저래 마음이 심란했다.

친구들을 만나기로 한 날, 그때까지도 선물을 준비하지 못했다. 생일 축하한다는 손편지가 전부였다. 어쩌지. 뭐라도 사 가야 할 텐데…. 풀이 죽은 채로 바닥만 보고 걷던 그때, 문득 활짝 핀 꽃송이들이 눈에 들어왔다.

수국이었다. 색색의 수국 화분이 꽃집 바닥에 조르르 놓여 있었다. 싸구려 플라스틱 화분을 비닐 포장지로 감싸고는 '5,000원' 가격표를 붙여둔 채로. 하지만 워낙 꽃이 예뻐서 촌스러워 보이지 않았다. 크기도 큼지막하니 선물로도 모양새가 괜찮을 것 같았다. 하늘색과 연분홍색 수국 화분을 샀다. 하늘하늘 분홍분홍. 소복한 꽃송이를 바라보자 우울했던 마음이 한결 산뜻해졌다.

커다란 종이가방에 화분을 담아 들고선 전철을 탔다. 부천역에서 구로역까지. 사람 많고 오래된 1호선 전철은 덜컹덜컹 흔들렸다. 행여나 사람들 틈에 꽃이 망가질까, 화분 속 흙이 쏟아질까, 나는 조심스레 종이가방을 감싸 안았다. 차창으로 햇살이 쏟아질 때마다 종이가방 틈으로 수국이 보였다. 예쁘기도 하지. 속도 없이 웃음이 새어 나왔다.

친구들을 만났다. 오랜만이야. 잘 지냈어? 생일 축하해. 반가움 속에 안부와 선물이 오갔다.

"꽃이 예쁘길래…. 생일 축하해."

나는 멋쩍게 화분과 손편지를 건넸다.

"너무 예쁘다! 나 꽃 선물 정말 오랜만에 받아 봐."

"손편지까지 정성이다야. 고마워."

다행이었다. 선물을 받아 든 친구들은 예쁘다고 고맙다고 웃었다. 그제야 나는 마음을 놓았고, 친구들과 즐겁게 수다를 떨다가 헤어졌다. 친구들은 화분을 품에 안고 수원으로, 인천으로 전철을 타고 돌아갔다. 이후로 자주 연락해왔다.

'물 주고 있어. 수국은 물을 좋아해서 많이 줘야 한대. 이제 꽃은 졌어. 그래도 잎은 멀쩡해. 푸릇푸릇하다. 수국은 꽃향기가 거의 안 났거든, 이제 보니까 잎 내음이 더 좋은 거 같아.'

사진을 보내며 꽃의 안부를 전했다. 오천 원짜리 수국 화분은 수원과 인천에서 튼튼하게 살았다. 금방 죽을 줄만 알았는데 신기했다. 작은 생명이 열심히 살아가는 게 기특했다.

졸업과 취업을 준비하며 숨 막히던 나날들. 지하 열람실 조그만 창문으로 햇살이 쏟아질 때마다 나는 칸막이 책상 위로 빼꼼 고개를 쳐들고 친구들의 꽃을 떠올렸다. 예쁘기도 하지. 속도 없이 웃음이 새어 나왔다. 스물다섯 그해, 수국의 계절은 그렇게 지나갔다.

어느새 7년이 흘렀다. 톡톡. 생일 축하해. 나는 친구들의 축하 메시지를 확인했다. 서른두 살이 된 우리는 이제 생일에도 만나기 힘들다. 저마다 가족이 생기고 바쁜 사정이 있으니 휴대폰으로 축하 메시지와 기프티콘을 건네는 수밖에. 덕분에 주고받는 선물은 빠르고 간편해졌지만 우리 마주 보고 웃던 대화는 그리운 추억이 되었다.
수국은 물을 좋아한다던 친구의 말이 떠올랐다. 나는 꽃다발을 풀어 화병에 꽂아두었다. 물에 담가두면 그래도 일주일쯤 더 살 수 있지 않을까. 따듯한 기억을 머금은 꽃을 좀 더 오래 곁에 두고 싶었다. 하지만 수국은 딱 하루 더 활짝 피어나더니 금세 시들시들해졌다. 결국에는 다른 꽃들보다도 가장 먼저, 사흘이 가기 전에 완전히 시들어버렸다. 수국은 오래 살지 못했다.

나는 그제야 알았다. 그때 친구들이 내게 주었던 것들을. 싸구려 선물을 건넨 주머니 사정을 모른 척했던 배려와 화분을 품에 안고 멀리멀리 전철을 타고 돌아갔던 마음을. 가만히 두면 시들어버릴 수국과 나에게 쏟았던 조심스러운 정성을. 선물은 오히려 내가 받았던 거였다. 때늦은 후회가 밀려왔다. 그때 그냥 솔직히 말할걸. 미안하다고. 고맙다고.
가까운 사이라서 더욱 말하지 못하고 머뭇거리던 날들, 마음이 마음에게 말했다. 다정한 마음이 가난한 마음에게.

미안해하지 마.
잘 지내니.
많이 힘들지.
기운 내.

그런 말들이 소리도 없이 지나갔었다. 수국이 피던 계절에.

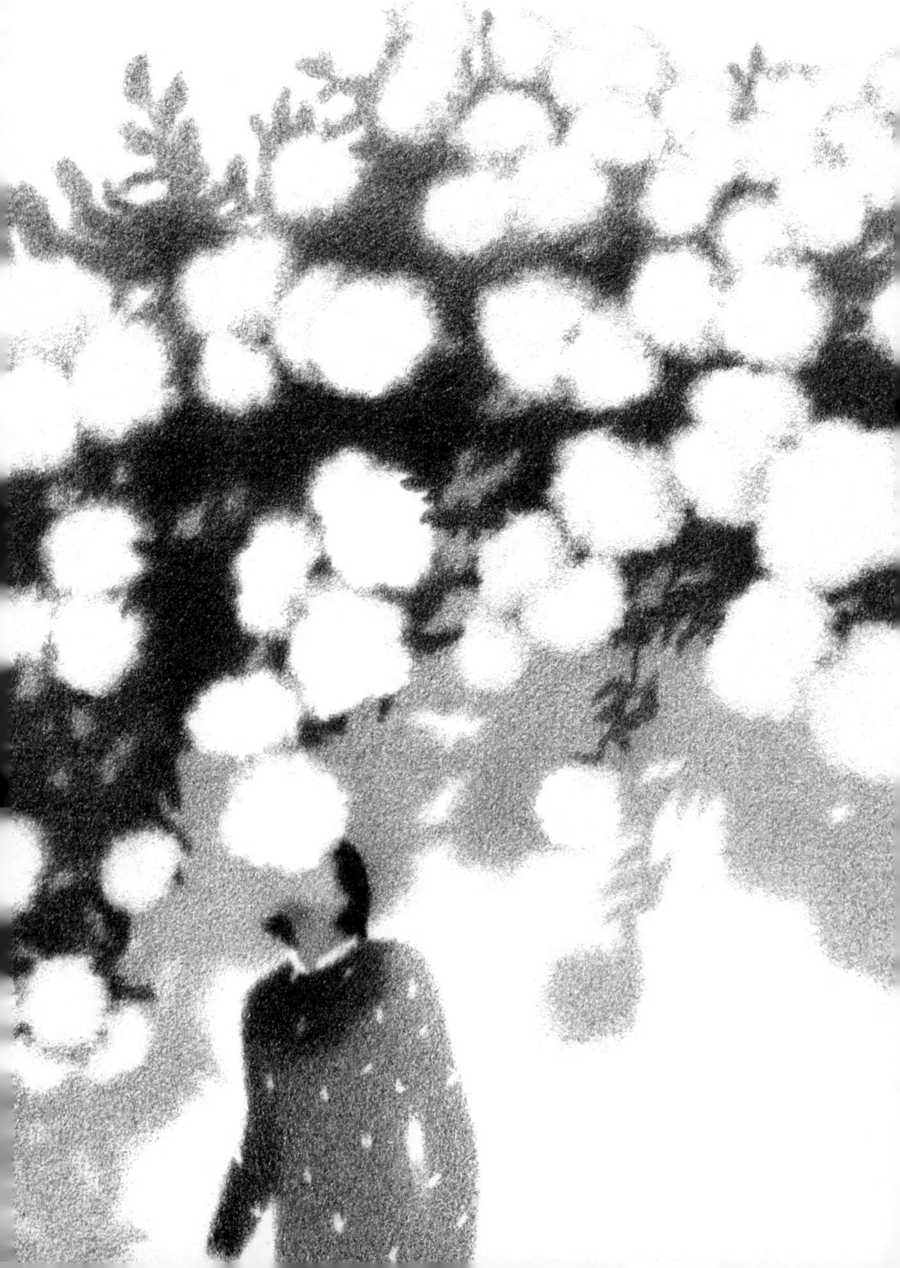

어떤 순간에는,
살아 있음 그 자체가 우리를 살게 하기도 했다.

◇
○

따뜻한 말 한마디

살고 있었지만 살고 있지 않은 동네의 동사무소에 찾아간 적이 있다. 열여덟 살의 나. 부모님이 헤어진 후 멀고 낯선 곳으로 떠났다. 그 지역에 살던 이모네 집으로 주소를 옮기고 기숙사 학교에 들어갔다. 대부분의 날들을 기숙사에서 혼자 지냈다. 시간은 더디게 흘렀고 낯선 곳에 홀로 남겨진 나를 괴롭혔다. 나는 조용해졌다.

생일이 지난 어느 날, 주민등록증 발급통지서가 도착했다. 나는 학교를 조퇴하고 사진과 학생증을 챙겨 이모네 집 관할 동사무소를 찾아갔다.

먼저 '주민등록증 발급신청서'를 적어야 했다. 막막했다. 나는 살던

곳에도 이곳에도 집이 없었다. 부모님이 헤어진 후 어떻게 되었던가. 자세히 알지 못했다. 친권과 양육권은 어떻게 되는 건지, 혼자 다른 곳에 떨어져 살게 된 자녀의 행정적 처리는 어떻게 되는 건지 몰랐다. 신청서를 앞에 두고도 '본적, 주소, 호주, 세대주' 나는 어느 것 하나 적을 수가 없었다. 도무지 답을 알 수 없는 시험지 같았다.

빈칸을 몇 번이나 지우고 채워보았다. 하지만 동사무소 직원들은 불친절했고 다시 적어오라는 냉랭한 대답뿐이었다. 괜히 주눅이 들었다. 멀뚱히 서서 손톱만 물어뜯고 있던 그때, 부스 구석에 앉아 있던 한 아저씨가 이리 오라며 내게 손짓했다. 금테 안경을 걸쳐 쓴 얼굴이 여느 직원들처럼 무뚝뚝해 보였다. 나는 쭈뼛거리며 다가갔다.
아저씨는 시험지를 검사하는 선생님처럼 내가 작성한 문서를 자세히 살펴봤다. 엄마와 이모를 번갈아 가며 통화하고 컴퓨터를 두드리며 뭔가를 검색했다. 그러고는 해당란을 채우도록 알 수 없는 주소와 이름들을 알려주었다. 오답을 하나씩 고쳐나가듯이 나는 아저씨와 함께 신청서를 한 칸 한 칸 채워나갔다.
아저씨는 차분히 설명해줬다. 내가 처한 상황을. 짐작이야 하고 있었지만 현실은 훨씬 차가웠다. 갑자기 떠올리기 싫은 기억과 커다란 슬픔이 한꺼번에 몰려왔다. 그러나 슬퍼하기에 동사무소는 너무 공개적이고 사무적인 장소였다. 나는 그저 종이를 손에 꽉 쥐고 낯선 글자들만 물끄러미 쳐다볼 뿐이었다.

무사히 신청서를 제출하고 주민등록증에 사용될 지문을 찍었다. 물기 없는 지문용 잉크는 검고 진득했다. 내 손가락은 작고 얇아서 몇 번이나 다시 지문을 찍어야 했다. 자꾸만 손이 부들부들 떨렸다. 학생, 손을 왜 이렇게 떨어. 직원은 그런 나를 이상하게 쳐다봤다. 나는 새빨개진 얼굴을 폭 숙이고 다시 손가락을 갖다 댔다.

모든 과정을 마치고 화장실로 달려갔다. 수도꼭지를 돌리자 차가운 물이 떨어졌다. 손가락에 달라붙은 검고 진득한 잉크는 잘 지워지지 않았다. 오히려 단단히 굳는 것만 같았다. 비누칠을 하고 손을 박박 문질러댔다. 열 손가락이 금세 빨개졌다. 아팠다. 차가웠다. 나는 두 손을 감싸 쥐었다. 빈 세면대에 떨어지는 물소리만 요란했다.

동사무소를 나서기 전, 신청서 작성을 도와준 아저씨에게 감사 인사를 건넸다. 아저씨는 학교에 어떻게 돌아가느냐고 물었다. 택시를 탈 거라고 하자 그럼 자신이 차로 데려다주겠다며 일어섰다. 아저씨는 다리가 하나뿐이었다.

"실은 내가 다리 하나가 없었어."

다리가 없었노라고 과거형으로 말하며 웃는 아저씨. 나는 좀 놀랐지만 티 내지 않으려고 노력했다. 아저씨는 목발을 짚고 앞서 걸었다. 목발과 나란히 다리 하나가 바닥을 차고 걸어갔다. 우리는 차에 올라탔다.

동사무소를 벗어나자 아저씨는 다정한 사람이었다. 가는 동안 나에게 계속 말을 걸었다. '이름이 참 예쁘더구나'로 시작한 말들은 타지에서 밥은 잘 챙겨 먹느냐. 공부하기 힘들진 않으냐. 제일 좋아하는 과목이 무어냐. 나중에 무슨 일을 하고 싶으냐. 줄줄이 이어졌다. 하지만 나는 눈을 마주치지도 길게 대답하지도 못했다. 네. 괜찮아요. 국어요. 모르겠어요. 아저씨는 '그럼 작가 하면 되겠구나' 하고 웃었다. 아저씨는 다리를 잃은 사고에 대해서도 이야기했다. 날씨 이야기를 하듯 담담하게. 그래도 일할 수 있으니 얼마나 다행이냐고 너털웃음을 터뜨리며 아저씨는 시종 유쾌했다.

어느덧 학교가 가까워지고 있었다. 아저씨는 노래를 흥얼거리며 자동차 창문을 내렸다. 우리 둘 사이로 맑은 바람이 지나갔다. 아저씨가 말했다.

"그러니까 힘내서 살아라."

아저씨의 목소리에는 묘한 힘이 있었다. 앞으로도 불행은 다가올 테지만, 그래도 힘내서 살면 괜찮을 거라고. 목소리는 태연한 척 버티고 앉아 있는 나를 조용히 울렸다. 타인이 건넨 따뜻한 말 한마디. 인생에서 예상치 못한 위로를 만나는 순간이 있다.

초여름이었다. 거리는 선명한 초록이었고 햇볕은 따뜻했다. 하지만 나는 슬펐다. 그때 나는 자꾸만 밀려오는 이상한 슬픔을 꾸역꾸역 참고 있었다. 그 슬픔은 손가락에 말라붙은 검은 잉크처럼, 참으면 참을수록 더 진득하게 달라붙어 떨어질 줄 몰랐다.

겨우 주민등록증 하나 발급받는 일조차 나에겐 너무나 힘겨웠다. 내가 어디에 사는지, 누구와 사는지, 누가 나를 키우는지, 내 권리는 누구에게 있는지, 대체 나는 누구인지. 나는 어디에도 있었지만 어디에도 없었다. 내 불행과 존재를 솔직히 말할 수가 없었다. 아무도 몰랐다. 그래도 괜찮다고 태연한 척 눈물을 참던 나는, 그래 봤자 열여덟 여자애일 뿐이었는데…. 아저씨는 그런 나를 위로해준 유일한 어른이었다.

"누구의 인생이건 신이 머물다 가는 순간이 있다. 당신이 세상에서 멀어지고 있을 때 누군가 세상 쪽으로 등을 떠밀어주었다면 그건 신이 당신 곁에 머물다 가는 순간이다."

훗날 드라마에서 이런 내레이션을 들었다. 아마도 신이었을까. 어쩌면 천사였을까. 홀로 외딴섬처럼 세상에서 멀어지고 있을 때 세상

쪽으로 등을 떠밀어준 누군가가 내게도 있었다. 내 곁에 잠시 머물다 간 누군가. 십여 년의 시간이 흘렀어도 기억 속에 남은 이름 모를 사람. 나는 아저씨를 떠올렸다. 살면서 '위로'라는 말을 마주칠 때도 나는 어김없이 아저씨를 떠올렸다. 이름도 모르는 타인이 평생 가슴에 남는 중요한 사람이 될 수도 있다.

그 사람의 영향인 것 같다. 어른이 된 나는 우리 사는 세상이 다정하다고 믿는다. 무표정하게 앉아 있는 옆자리 사람이 따스하다고 여긴다. 거리에서 카페에서 지하철에서 관공서에서. 내 곁을 스쳐 가는 수많은 타인에게 잔잔한 애정을 느낀다. 너무도 평범해 보이는 우리는 사실, 누군가의 곁에 잠시 머물다 가는 신일지도, 무표정 속에 날개를 숨기고 걷는 천사일지도 모르니까.
그날 학교에 데려다준 아저씨에게 마지막 인사를 제대로 하지 못했다. 이제라도 전하고 싶다. 아저씨 덕분에 나는 힘들었던 일도 웃으며 이야기할 수 있는 어른이 되었다고. 슬픈 기억도 담담하게 적어 내려갈 수 있는 작가가 되었다고. 누군가에게 따뜻한 위로를 건네고 싶은 사람이 되었다고. 어딘가에서 아저씨가 이 글을 읽어주길 바라며, 하고픈 말들 마음속에 가득 담아 다정한 인사를 건넨다.
고맙습니다.

◇

생각해보면 그날은 참 이상한 날이었다.

교실로 돌아왔을 땐 5교시 영어 수업 중이었다. 선생님이 옛날 팝송을 가르쳐주고 있었다. 벳 미들러라는 여가수가 부른 노래 〈The Rose〉였다.

> 밤이 너무 외롭고 당신이 가는 길이 너무 멀어,
> 사랑은 오직 운 좋고 강한 사람들만의 것이라는 생각이 들 때,
> 꼭 기억해요. 겨울, 저 눈 아래에는 씨앗이 있다는 것을.
> 봄이 되면 그것은 태양의 사랑으로 장미로 피어난다는 것을.

정말이지 이상한 하루였다. 그냥 혼자 가만히 두었으면 좋겠다고 생각했는데 곳곳에서 자꾸만 나를 건드렸다. 애써 괜찮다는데도 성가시게 나를 부르는 위로들. 나는 울고 말았다.

"괜찮니?"

"노래가 슬퍼서요."

사춘기 때는 그럴 수도 있지. 선생님은 이해한다는 듯 어깨를 두드리며 지나갔다. 나는 눈물을 닦을 생각도 않고 고개를 돌려 창밖을 보았다.

뭉클. 눈물이 솟자 햇빛이 번져나갔다. 글썽거리던 풍경들이 선명해졌을 때, 그곳에는 장미가 피어 있었다. 그리고 로즈가 흐르고 있었다.

나는 그렇게 어른이 되었다.

슬픔의 맛

어렸을 때 자두 맛 왕사탕을 통째로 삼킨 적이 있다. 너무 놀란 나는 엉엉 울어버렸다. 사탕이 꽉 막혀서 목구멍이 아프고 가슴이 답답했다. 고인 침에선 사탕 맛이 났다. 짭조름하기도 달콤하기도 한, 눈물 맛인지 자두 맛인지 모를 그런 맛이 났다. 울고 있는 내 손을 잡고 엄마는 말했다. 괜찮아. 사탕은 천천히 녹을 거야. 시간이 지나면 다 괜찮아질 거야. 어른이 되어 처음으로 어마어마한 슬픔을 느꼈을 때, 나는 자두 맛 사탕을 삼킨 날을 떠올렸다. 슬픔이 꽉 막혀서 목구멍이 아프고 가슴이 답답했다. 자꾸만 새어 나오는 눈물을 꾹꾹 참는데, 짭조름하기도 달콤하기도 한 자두 맛이 났다. 슬픔에선 그런 맛이 났다.

살다 보니 몇 번쯤 자두 맛 사탕을 삼킨 것처럼 슬픈 순간이 찾아왔다. 앞으로도 몇 번쯤 나는 그렇게 슬퍼질 것이다. 그런 슬픔은 어찌할 방법이 없다. 눈물을 흘리며 견딜 수밖에. 녹아내리길 기다릴 수밖에. 그래도 엄마 말이 맞았다. 시간이 지나면 다 괜찮아졌으니까. 다행히도 나는 슬플 때 제대로 슬플 수 있는 사람이 되었다.

◇
○

아주 평범한 기적

외할아버지는 언제나 아랫목에 누워 텔레비전을 보고 계셨다. 키도 크고 얼굴도 큼지막한 할아버지는 모로 누운 키다리 장승 같았다. 꾸욱 다문 입술과 엄하고도 단단해 보이는 그 각진 얼굴을 나는 자꾸만 쳐다보았다. 무섭진 않았다. 뚫어져라 쳐다보면 그 얼굴은 희미한 미소를 띠고 있었다. 볼수록 다정한 얼굴이었다. 낯선 마을 어귀에서 고개를 쳐들고 우와 올려다보던 장승처럼, 할아버지는 나에게 커다랗고 근사한 사람이었다.

그래서일까. 나는 누워 있는 할아버지가 아프시다는 생각은 하지 못했다. 정말로 장승처럼, 문지방을 떠받치고 누운 할아버지는 무언가를 지키는 사람 같았다. 나는 할아버지가 지키는 게 아담한 외갓집이라고 생각했다. 아니면 뜨끈뜨끈한 아랫목이라고. 그도 아니면 낡은 텔레비전이라고 생각했다.

외갓집은 바닷마을 산 중턱에 있었다. 내가 여덟 살이 되었을 때, 가족들은 외갓집에 더 자주 모였다. 명절이 아닌데도 모이는 이유가 무엇인지 그땐 잘 몰랐다. 작은 집에 사람들이 복작거렸다. 할아버지 곁에 할머니와 이모들이 조르르 앉아서 수다를 떨었다. 붙어 앉은 가족들의 온기로 방바닥이 자글자글 익을 동안, 꼬맹이들은 해 질 녘까지 밖에 쏘다니다가 돌아왔다.
집으로 돌아오던 저녁, 소금기 먹은 바닷바람이 불어왔고 밥 짓는 냄새가 짭조름했다. 퐁당, 해 떨어지는 금빛 바다는 그야말로 끝내줬다. 어슴푸레 저녁이 내려앉는 집. 열어놓은 방문으로 할아버지의 텔레비전 소리와 이모들의 웃음소리가 들려왔다. 즐거운 날들이었다. 아마 할아버지도 그때가 가장 즐거웠을 것이다.

그날도 나는 사촌오빠들이랑 놀다가 집에 돌아왔다. 어른들은 다 목욕탕에 갔는지 집엔 할아버지뿐이었다. 할아버지는 문턱에 앉아서 신발을 신고 있었다. 나는 할아버지가 앉아 있는 모습을 그때 처음 봤다. 할아버지는 말도 하셨다. "산 아래 가게 좀 갔다 오자."

우리는 언덕길을 내려갔다. 할아버지의 지팡이가 휘청휘청 흔들렸다. 행여나 넘어지실까 사촌오빠들은 경호 대열로 할아버지를 에워쌌고 나는 그 뒤를 졸졸 따라갔다.
도착한 산 아래 구멍가게. 먹고 싶은 과자를 골라보라는 할아버지의 말에 나는 냉큼 초코파이를 집어 들었다. 할아버지는 주머니에서 동전 한 줌을 꺼내 백 원, 이백 원, 하나하나 세어서 계산했다. "잘 먹겠습니다." 과자를 손에 든 손주들의 인사에 할아버지는 자글자글 웃었다.
다시 집으로 돌아가는 길, 가파른 언덕길에서 할아버지는 지팡이를 붙잡고 몇 번이나 멈춰 쉬셨다. 우리는 할아버지의 발걸음에 맞춰서 천천히 걸었다. 나는 초코파이를 아껴 먹으며 할아버지의 기다란 그림자를 따라 걸었다. 며칠 뒤 할아버지는 돌아가셨다.

언젠가 엄마가 물었다. 할아버지를 기억하느냐고.
"당연히 기억하지. 초코파이도 사주셨었어."
"정말? 언제?"
"돌아가시기 며칠 전쯤이었을 거야."
엄마는 의아한 얼굴로 나를 바라봤다.
"그럴 리가 없어. 할아버진 거동조차 힘드셨는걸. 꿈꾼 거 아니야?"

나는 고개를 저었다. 그날 혀끝에 닿았던 초코파이의 단맛은 결코 꿈이 아니었다. 처음으로 앞서 걸어가는 할아버지를 보았고, 할아버지의 다정한 목소리를 들었고, 할아버지의 환한 웃음을 보았다. 그토록 선명한 기억이 꿈일 리가 없다. 엄마는 글썽이며 말했다. 아마도 그건 '기적'인 것 같다고.

지금 와 생각해보면 엄마 말이 맞을지도 모른다. 거동조차 힘들었던 할아버지가 그토록 가파른 언덕길을 오르내렸던 건 기적이었다. 하지만 기적이 뭐 이렇담. 굉장하지도 놀랍지도 않았다. 그날은 그저 평범한 여느 날 중에 하루. 특별한 징후도 대단한 사건도 없이 슬그머니 지나간 날이었다. 나는 어딘가 이상하다는 생각도 하지 못했다. 나에겐 그냥 할아버지와 함께 걸어서 좋았고, 초코파이가 맛있었던 하루일 뿐이었다.

하지만 그날, 정말로 기적이 일어났던 거라면, 할아버지가 문지방을 떠받들고 지켰던 것이 무엇인지 이제야 알 수 있을 것 같다. 나는 고마운 세계에 살고 있었다. 아팠던 할아버지의 마지막 소원 하나쯤, 어린 손주들에게 잊지 못할 추억 하나쯤은 선사할 수 있었던 기적이 지나가는 따뜻한 날들 속에 살고 있었다.

아마도 이 이야기를 들은 사람들은 그날의 일을 거짓말, 꿈, 혹은 기적이라고 부를 것이다. 하지만 나는 그것을 사랑이라고 부른다. 지금도 초코파이를 볼 때마다 돌아가신 할아버지가 떠오른다. 할아버지는 나를 많이 사랑해주셨던 분이라고 기억하면서, 나는 빙그레 행복해진다.

나는 고마운 세계에 살고 있었다.

◇
○

하루의 몫

자주 가는 카페가 하나 있다. 역사 바로 앞에 위치한 2층짜리 프랜차이즈 카페. 1층에선 주문만 받고 2층에 넓은 좌석이 있다. 일인용 노트북 자리도 많아서 혼자 작업하러 오는 사람들이 많다. 커피도 맛있고 디저트도 다양하고. 주말 이른 시간에 노트북을 들고 갈 만한 카페 중에는 가장 빨리 열고 가까워서 나는 자주 여길 찾는다. 여러모로 이 카페는 장사가 잘 되는지 주말 오전에도 사람들이 줄 서서 커피를 기다리곤 한다.

어느 일요일, 카페에 글을 쓰러 갔다. 애초 가던 시간보단 조금 늦은 시간이라 사람들이 더 많았다. 주문하고 커피를 기다렸다. 그런데 누군가 팔을 툭 쳤다. "아이고 죄송합니다" 하고.

돌아보니 허리가 꼬부라진 할머니 한 분이 상자 더미를 끌고 있었다. 아무래도 좁은 공간이라 사람들을 헤집고 지나갈 수밖에 없었다. 할머니는 상자 더미가 무거워서 들지 못하고 질질 끌고 있었다. 이미 여러 명에게 부딪히고 온 모양인지 할머니를 보는 시선들이 따끔하다. 팔짱을 낀 채 얼굴을 찌푸리는 사람도 있었다.

"문밖으로 가져가면 돼요?"
할머니의 상자를 맞잡았다. 나조차도 무거워서 들 순 없었고 그냥 끄는 걸 도와드렸다. 카페에서 버리는 상자를 가져가도 된다는 허락을 받았나 보다. 요즘처럼 폐지 줍기 힘든 때에 멀쩡한 상자를 많이 가져갈 수 있다는 건 할머니에게 아주 중요한 일일 터. 이른 시간에 상자를 가지러 왔지만 장사가 잘 되는 카페다 보니 예상치 못한 많은 사람을 맞닥뜨린 것이었다.
"아이고 죄송합니다. 내가 나이가 많아서."
할머니는 연신 사과를 했다. 어서 카페를 빠져나가고 싶지만 허둥대는 걸음이 좀처럼 나아가지 못했다. 괜히 내 마음이 불편했다. 까닭 모를 화도 났다. 할머니 왜 이렇게 힘든 일 하세요? 묻고 싶었지만 꿀꺽 삼키고 "저한텐 사과하지 않으셔도 돼요" 말했다.

예전에 고물상을 취재한 적이 있다. 신림동 마지막 달동네에 있는 고물상이었다. 달동네에 사는 독거노인들의 생계는 대부분 폐지 줍기다. 종일 폐지를 주워 고물상에 가져가면 무게를 달고 돈을 받는다. 거동이 불편한 노인들이 주워온 폐지는 양이 많지 않고, 고물상 입장에서도 남는 장사가 아니라서 그리 달갑지 않다.

내가 그 고물상에 취재를 갔을 땐, 한겨울이었다. 추위도 아랑곳하지 않고 노인들이 폐지를 들고 찾아왔다. 동네 토박이인 고물상 아저씨는 10kg도 안 되는 무게를 보고도 "오늘 많이 주워오셨네." 씨익 웃으며 돈을 더 쳐줬다. "추운데 커피라도 드시고 가셔." 자판기 커피도 뽑아주었다. 그럼 노인들은 고맙네 인사하고 문간에 앉아 볕을 쬐며 따뜻한 커피를 마셨다.

그 모습을 보고 난 후론 길가에 손수레를 끌고 가는 노인도, 쓰레기 더미를 뒤지는 노인도 너그럽게 바라보게 되었다. 어떤 이들은 먹고살기 위해 이런 일을 한다. 그나마도 1kg에 120원 하던 폐지 값이 30원까지 떨어졌다는 기사를 읽었다. 한 수레 가득 실어야 30kg 남짓, 1,000원을 벌면 다행이다. 하루를 꼬박 일해도 4,000원을 못 번다.

할머니는 골목 한편에 바짝 붙어서서 손수레에 상자를 실었다. 나는 커피를 받아 2층으로 올라갔다. 온풍이 도는 공간에 재즈가 흐르고 있었다. 볕이 잘 드는 자리에 앉아 노트북을 열고 커피를 마셨다. 통유리 너머로 이제야 천천히 손수레를 끌고 가는 할머니가 보인다. 지나가는 사람들이 힐끔거린다. 스카프를 매고 잘 차려입은 할머니 한 분이 스쳐 가는 할머니를 돌아본다.

소설《백의 그림자》의 한 구절이 생각났다. '홀로 사는 할머니가 종이 박스를 줍는 일로 먹고산다는 것은 애초부터 자연스러운 일일까.'

그러다 문득 내가 마시고 있는 캐러멜 마키아토 한 잔이 5,600원이란 사실을 깨닫고 부끄러워졌다. 어떤 이의 하루의 몫보다도 비싼 커피를 나는 너무나 자연스럽게 마시고 있었다.

그날은 글 한 줄도 제대로 쓸 수 없는 하루였다.

굽은 허리가
신문지를 모으고 상자를 접어 묶는다.
몸뻬는 졸아든 팔순을 담기에 많이 헐겁다.
승용차가 골목 안으로 들어오자
바짝 벽에 붙어선다
유일한 혈육인 양 작은 밀차를 꼭 잡고.

고독한 바짝 붙어서기

더러운 시멘트 벽에 거미처럼
수조 바닥의 늙은 가오리처럼 회색 벽에
낮고 낮은 저 바짝 붙어서기

차가 지나고 나면
구겨졌던 종이같이 할머니는
천천히 다시 펴진다.
밀차의 바퀴 두 개가
어린 염소처럼 발꿈치를 졸졸 따라간다.

늦은 밤 그 방에 켜질 헌 삼성 테레비를 생각하면
기운 씽크대와 냄비들
그 앞에 선 굽은 허리를 생각하면
목이 멘다
방 한구석 힘주어 꼭 짜놓았을 걸레를 생각하면.

– 김사인 〈바짝 붙어서다〉

◇
○

코끝이 찡 눈물이 핑

속상했다. 메시지 한 통에 약속이 깨져버렸다.

- 미안해. 갑자기 회사에 급한 일이 생겼지 뭐야.

오랜만에 친구를 보러 낯선 동네까지 찾아온 저녁. 도착하자마자 바람맞았다. 친구는 연신 미안하다고 메시지를 보냈지만 나는 답하지 않았다. 평소라면 괜찮아 다음에 보자며 넘어갈 수 있을 텐데, 그날은 나도 컨디션이 별로였다. 밤새우며 방송 원고를 털어내고 온 길, 잠 못 자고 피곤해서 예민한 까닭도 있었지만 나는 다른 게 더 속상했다.

고단한 하루를 보냈어도 설레는 마음으로 여기까지 왔는데. 친구는 잠깐 얼굴조차 비추지 않고 메시지로 약속을 깼다. 내가 친구의 우선순위에서 밀린 것 같아 마음이 상했다. 미안하단 말에 괜찮다고 하고 싶지 않았다. 정말 괜찮지 않았으니까. 그걸 친구가 알았으면 했다. 정말이지 꼬일 대로 꼬인 심보였다. 갑자기 깨진 약속은 그토록 뾰족했다.

집으로 돌아갈 길이 아득했다. 해는 졌고 배는 고프고 몸은 피곤하고 마음은 울적하고. 한 발 디디는 것조차 힘들어서 그냥 편의점에 들어갔다. 그렇게 창가 스탠드 의자에 털썩 주저앉았을 때, 그 애를 만났다.
초등학교 사오 학년쯤 되어 보이는 남자애가 혼자 앉아 있었다. 내가 옆자리에 앉자 의자에 올려둔 제 가방을 슬그머니 치워주기에 눈길이 갔다. 그 애는 책가방을 껴안고 휴대폰을 만지작거리고 있었다. 저녁 7시가 넘었는데도 혼자 하굣길 차림인 걸 보면 학원에 다녀온 모양이었다.
남자애 앞에는 다 비운 컵라면 용기와 삼각김밥 비닐이 놓여 있었다. 설마 저게 저녁인 건가 괜한 걱정이 들었다. 내 시선을 느꼈는지 남자애가 몸을 움츠렸다. 미안한 마음에 나도 모른 척 고갤 돌렸다. 그래 봤자 커다란 편의점 통유리에 우리 모습이 비치고 있었지만. 둘 다 많이 지쳐 보였다. 남자애 휴대폰이 울렸다.

"엄마. 언제 와? 벌써 30분 지났잖아. 응. 대충 뭐 먹었어. 어떻게 여기서 숙제를 해. 알았으니까 빨리 와."
학원 끝나고 데리러 오겠다던 엄마가 많이 늦었나 보다. 때마침 나도 피디에게 연락이 왔다. 수정할 사항이 몇 있다고. 어쩔 수 없이 앉은 자리에서 일했다. 한참 동안 남자애도 나도 휴대폰만 쳐다보고 있었다. 편의점 문소리가 들릴 때마다 남자애가 고개를 들었다. 하지만 엄마는 오지 않았다.

할 일을 마치고 나는 허기라도 채울 겸 컵라면을 골랐다. 진열대에 불닭볶음면이 보였다. 아까 남자애가 먹었던 컵라면. 요새 애들은 이거 되게 좋아한다던데 맛있을까. 많이 매우려나. 나는 불닭볶음면을 집었다. 물 붓고 자리에 앉아 멀뚱히 익기를 기다렸다. 그사이 창밖은 완전히 어두워져 있었다. 결국은 혼자 라면이네. 바람맞힌 친구가 원망스러워지려는 찰나.
"엄마는 왜 맨날 약속을 못 지켜."
남자애 목소리가 들렸다. 그런데 그 애. 화난 목소리가 아니었다. 속상해하고 있었다. 엄마가 안 오는 게 아니라 못 오고 있다는 걸, 약속을 꼭 지키고 싶지만 못 지키고 있다는 걸, 그 애는 알고 있었다. 미안해. 정말 미안해. 휴대폰 너머 엄마 목소리가 들리는 것 같았다.

학원 선생님인 친구가 그랬었다. 요즘 애들은 밖에서 놀 시간이 없다고. 엄마 아빠는 맞벌이에 바쁘고, 학교 끝나면 아이들 맡길 데가 마땅치 않아서 어쩔 수 없이 학원 여러 개를 뺑뺑 돌린다고. 저녁 시간 학원에 오는 애들이 '선생님 배고파요. 밥 못 먹었어요.' 소리가 정말 마음 아프다고. 어른이고 아이고 다 안타까운 현실이지 뭐.
그땐 다른 세계 이야기 같아서 와 닿지 않았다. 그런데 남자애를 보고 있자니 이게 진짜 우리 세계 이야기구나 싶었다. 그렇담 너무 쓸쓸한 세계였다.
남자애가 내 눈치를 볼까 봐 나는 모르는 척 얼른 불닭볶음면을 비벼 먹었다. 나무젓가락으로 크게 한입 먹었는데. 맵다. 너무 매웠다. 너 이걸 밥이라고 먹은 거니?
편의점 유리창에 다시 고개 숙인 남자애가 비쳐 보였다. 넌 얼마나 자주 이 컵라면으로 끼니를 때웠을까. 얼마나 오래 여기에서 엄마를 기다렸을까. 당장 달려오지 못하는 엄마는 또 얼마나 많이 미안해했을까. 그런데도 너 참 잘 자라주었구나. 어른인 나보다도 속이 깊구나.

- 화 많이 났지. 정말 미안해.
친구에게 메시지가 왔다. 아직 말단 사원에 일하는 것도 퇴근하는 것도 눈치 봐야 할 나의 친구. 친구에게도 오지 못할 사정이, 전화조차 하지 못할 사정이 분명 있을 것이다. 나는 매워서 쓰린 입술을 꾹 다물고 친구에게 답장을 보냈다.

- 괜찮아. 다음에 봐. 대신 밥이라도 잘 챙겨 먹어.

옆자리 남자애에게도 말해주고 싶었지만 나는 그냥 새빨간 라면 한 입 먹을 뿐이었다.

아 맵다. 코끝이 찡 눈물이 핑 돌았다.

◇
○

화단이의 겨울

화단이는 우리 아파트 앞 골목길 화단에 살던 고양이였다. 누군가 때마다 사료를 채워주었고, 겨울에는 스티로폼 집도 만들어주었다. 종종 길고양이 학대 사건이 오르내리고 밥그릇이 사라지거나 불만 섞인 메모가 붙어 있기도 했지만, 다행히 녀석은 1년 정도 화단에서 살았다. 화단에서 사니까 이름도 화단이. 동네에선 꽤 유명한 길고양이였다.

안녕. 잘 지내니. 나도 오가며 눈도장을 찍었었는데 외출이 뜸한 사이 녀석은 집을 옮겼다. 바로 코앞. 지하철역 입구 자전거 주차장 구석에 새집이 생겼다. 그 역시 화단이를 돌보는 누군가의 손길이리라.

눈이 오나 비가 오나 들여다보며 챙기는 꾸준한 손길이 위태로운 생명 하나를 지키고 있었다.
지하철을 타러 오가는 길에 화단이를 마주친다. 버려진 지 오래된 자전거들 사이에 빼꼼 화단이가 보인다. 녀석은 오전 내내 제집 위에 올라가 볕을 쬔다. 얼룩덜룩 거친 털이 햇빛에 반짝인다. 노란 눈을 깜빡이며. '인간들은 참으로 바쁘게 움직이는군.' 그런 표정으로 자신을 힐끔거리며 지나가는 사람들을 구경한다.
그러다 해가 기울어 그늘이 생기면 슬그머니 사라진다. 보기 드문 느긋한 길고양이다. 사람을 무서워하지도 않고 눈을 마주치면 야옹야옹 애교를 부리기도 한다. 나는 그런 녀석이 귀여워 마주칠 때마다 사진을 남겼다.

엊그제는 우리 동네 커뮤니티에 화단이 사진과 함께 "일광욕하는 화단이. 옆에 못 보던 아깽이 하나가 밥을 먹고 가네요"라는 게시물이 올라왔다. 게시물 아래 화단이의 사진과 댓글이 달렸다.
"저도 오늘 아침에 봤어요."
"밤에 추워서 지나가는 사람한테 비비던데… 딱합니다."
"엎드릴 수 있게 박스가 좀 컸으면 좋겠네요."
"옆에 아기 고양이 새로 찾아왔어요. 오다가다 잘 있는지 봐주세요."

사람들은 화단이를 걱정하고 있었다. 새로 온 아기 고양이의 존재도 알고 있었다. 내가 그랬듯이 오가며 안부를 확인하고 사진을 남긴 사람들. 그렇게 화단이는 사랑받고 있었다.

춥고 배고픈 겨울은 길고양이들에게 가장 힘든 시기이다. 겨울이 되면 유독 뚱뚱해지는 길고양이들, 실은 살이 찐 것이 아니라 부은 것이라고. 맵고 짜고 상한 음식물 쓰레기를 주워 먹어서 신장이 망가진 거라는 이야기를 들었다.
이후로 한동안은 길고양이들을 마주칠 때마다 마음이 서늘했다. 가끔 사다 주던 참치캔조차 고양이에겐 너무 짜서 좋은 음식이 아니었다. 나는 고양이를 잘 몰랐다. 대부분의 사람도 모를 것이다.
어쩌면 당연한 말이지만, 다른 종(種)인 우리는 서로에 대해 너무도 모른다. 그런 우리, 서로에게 적극적인 손길을 내밀진 못하더라도 애정 어린 눈길이라도 건넸으면 좋겠다. 눈길 하나 둘 셋. 그렇게 작은 관심이 더해지면 추운 바깥을 떠도는 생명 하나가 특별해진다. 잘 지내는지 잘 살고 있는지 함께 지켜볼 수도 있다. 우리 동네 화단이처럼.

눈 위에 발자국

지워 버렸다.

고양이 잡아갈까 봐

집으로 가는

꽃송이 꽃송이

싹 지워 버렸다.

“26동 지하실에

고양이 안 살아요.”

– 김미혜 〈고양이 발자국〉

“6번 출구 자전거 주차장에 고양이 안 살아요”라고 말하고 싶은 마음. 많은 사람이 씩씩하게 살아가는 화단이를 알아줬으면 하는 마음 한편, 괜히 해코지 당할까 봐 사는 곳을 숨기고도 싶은 이상한 마음이 든다. 길고양이의 수명은 3년 정도라고 한다. 운 좋은 화단이라도 그 정도 살 것이다. 아무래도 슬픈 짧은 묘생(猫生). 지금이 녀석에겐 행복한 순간이 되었으면 좋겠다.

녀석이 앉은 자리는 봄이면 벚꽃이 눈처럼 흩날리는 자리. 꽃 피는 봄이 오면 차가운 얼음눈 대신 따듯한 벚꽃눈이 펄펄 내릴 것이다. 녀석에겐 멋진 구경이 되겠지. 그러니 그때까지 부디. 지난겨울을 무사히 살아냈듯이 올해 겨울도 무사히 살아남기를. 꾸벅꾸벅 조는 화단이를 보며 바랐다.

◇
○

세상에서 단 하나뿐인 커튼

한낮. 거실 블라인드를 올리다가 쏟아지는 햇살에 멈춰 섰다. 감탄사처럼 어떤 문장 하나가 떠올랐다.

먼 데서 봄이 온다.

'먼 데서'라는 말이 인상 깊다고 생각했던 문장이었다. 어디서 봤더라 더듬어보았지만 기억나지 않았다. 창문을 열어 환기를 시켰다. 모처럼 하늘이 맑았다. 이렇게 하늘과 가까이 사는 것도 행운일지 몰라. 블라인드에 걸린 해가 눈부셨다. 먹먹해진 시야가 제 색깔을 찾는 사이 어떤 글자들이 떠올랐다. 먼 데서 봄이 온다.

생각났다.

커튼이었다.

스물두 살 무렵 대학생이 된 남동생과 함께 살게 되었다. 동생 학교 가까이에 집을 얻었다. 한쪽 벽면이 여러 개의 창문으로 뚫려 있는 원룸이었다. 현관문을 열면 하늘이 먼저 보였다. 창문 없는 고시원에서 살아봤기에 나는 단박에 그게 맘에 들었다. 서울에서 창문 있는 집에 사는 것만으로도 감사한 일인데 창문마다 하늘을 마주한 집이라니. 바로 계약했다. 우리는 저렴한 가격에 좋은 집을 얻었다고 좋아했다.

그러나 살아 보니 이렇게나 웃풍이 센 집이 없었다. 잘 때마다 코끝이 시렸다. 알고 보니 그곳은 사무실을 개조해 만든 원룸이었다. 그냥 둘러보기엔 깔끔했지만, 사방에서 바람이 숭숭 새고 벽지며 바닥이며 시공이 형편없었다. 얼음장 같은 바닥은 보일러가 들어오는 한쪽 구석만 심하게 뜨거워서 까맣게 그을렸다. 너무 추워서 이불을 깔아두고 살았다. 그래도 이 도시에서 우리 둘 건사할 수 있는 보금자리 있는 게 어디냐며 감사하게 살았다.

겨울을 앞두고 엄마가 올라왔다. 집을 처음 본 엄마는 가만히 둘러

보기만 할 뿐 말이 없었다. 이사라면 물릴 만큼 다녀본 우리 엄마. 첫눈에 어떤 집인지 알았을 것이다. 그런데도 별다른 말이 없었다. 창문 가까이에 얼굴을 대고 '도시에서도 이렇게 하늘을 볼 수 있네' 하고 웃을 뿐이었다. 이불을 둘둘 말고 셋이 달라붙어 하룻밤을 보냈다. 다음 날 아침, 해가 내리쬐는 창문을 보며 엄마는 말했다.

"아무래도 커튼은 있어야겠다."

엄마는 눈곱도 안 뗀 우리에게 한지와 유성 매직을 사 오라고 했다. 사 온 한지를 창문에 대고 너비를 가늠하더니 이걸로 커튼을 만들 거라고 했다. 엄마는 방바닥에 한지를 깔더니 이렇게 말했다.

"우리, 여기에 시를 쓰자."

웃음이 터졌다. 역시 우리 엄마야. 우리 어렸을 때도 엄마는 집 안에 시를 적어 붙여두거나, 말린 꽃이나 갈대를 꽂아두거나, 종이로 무언가 만들어 붙이거나, 아크릴 물감을 알록달록 칠하거나 그랬다. 오래되고 낡은 것들 곁에 그냥 그렇게 두었다. 나는 그런 엄마의 손길이 예쁘다고 생각했다. 잡지에 나오는 것처럼 세련된 집은 아니지만, 낡고 해진 자리마다 엄마의 손길이 어우러진 집에서 우리는 살았다.

고분고분 엄마 말을 따르기로 했다. 아침에 눈 뜨자마자 마주할 테니 따뜻한 시를 쓰자고 했다. 엄마, 나, 동생이 좋아하는 시를 골랐다. 엄마는 나에게 매직을 내밀었다. 우리 셋 중에 그나마 네 글씨가 예쁘니 네가 쓰라고. 우리는 바닥에 바짝 엎드려 시를 쓰기 시작했다. 한 사람이 시를 불러주고 한 사람이 간격을 봐주고 한 사람이 글자를 썼다. 그렇게 네 편의 시를 썼다.

황동규 〈즐거운 편지〉
김종해 〈그대 앞에 봄이 있다〉
백석 〈나와 나타샤와 흰 당나귀〉
김용택 〈꽃〉

시를 모두 적었을 때 엄마는 냅다 한지를 구겨버렸다. 너희도 같이 해. 우리도 엄마를 따라 시가 적힌 한지를 구겼다. 조물조물. 시를 만지는 기분은 나쁘지 않았다. 다시 펼쳐본 한지는 뭔가 독특한 분위기를 풍겼다. 까슬한 종이 질감 위로 글자들이 만져질 듯 구불구불했다. 엄마는 이걸 창문에 붙일 거라고 했다. 동생과 나는 의자 위에 올라가 한지 양 끄트머리를 붙잡았다. 엄마가 적당한 위치를 봐주고. 창문마다 한 장씩 시를 붙였다.

그렇게 완성된 우리의 시(詩)커튼. 아침밥도 안 먹고 한바탕 난리를 치른 우리는 방바닥에 벌렁 누워버렸다. 쏟아질 것 같은 하늘이 보였다. 햇살을 머금은 한지 위에 까만 글자들이 어룽어룽 춤을 췄다. 시인이 열여덟에 썼다던 애틋한 연서가, 꽃 필 차례가 그대 앞에 있다는 위로가, 흰 당나귀 응앙응앙 우는 사랑의 풍경이, 내가 돌아누우며 네 손을 더듬어 찾는 줄 알라는 당부가. 하늘에 걸려 있었다.
"예쁘다."

그걸 바라보는 우리는 알고 있었다. 곧 다가올 겨울, 한지 몇 장으로 추위를 막을 순 없다. 커튼 살 형편은 안 되니 우리는 이대로 겨울을 나야 할 것이다. 그래도 좋았다. 매일 아침 눈을 뜨면 우리 셋 손길이 닿은 시가 하늘에 걸려 있을 것이다. 읽고 또 읽겠지. 겨우 몇 줄의 문장에 불과한 글자들이 우리에겐 따뜻함이 되겠지. 시를 껴안고 쏟아지는 햇살이 나른했다. 우린 늘어지게 하품을 했다. 밥은 미루고 다시 이불 속으로 들어가 긴 늦잠을 잤다.

그해 겨울, 동생과 나는 춥지만 따뜻하게 살았다. 찬바람에 날마다 새파랗게 시린 하늘을 올려다보며, 나는 김용택의 〈꽃〉을 자주 읊조렸다. 그리 유명한 시는 아니었지만 읽을 때마다 마음 언저리가 뜨거워졌다.

지금 와 생각해보면 김용택의 〈꽃〉은 내게도 익숙한 시가 아니었다. 누가 어떻게 고른 시였는지도 한참 지난 일이라 기억나지 않는다. 그때 집에 시집이 있어 거기서 골랐던 걸까 짐작할 뿐. 그런데 익숙하지도 않은 시의 한 구절이 아직도 내 마음에 남아 있었다. 먼 데서 봄이 온다. 〈꽃〉의 마지막 구절은 '첫봄이 먼 데서 겨울을 이기며 온다'였다.

김용택의 〈꽃〉을 다시 찾아 읽었다. 이불 속에 껴안고 누워 있던 우리 셋이 떠올랐다. 금세 서늘해진 공기에 거실 창문을 닫았다. 햇살은 이렇게나 따스한데 겨울은 아직 힘이 세다.

블라인드를 내렸다. 드르륵. 하얀 블라인드가 소리를 내며 내려왔다. 이 하얀 공간 위에 시가 쓰여 있었지. 그때 하늘에 걸려 있던 시가 지금까지도 내 마음에 걸려 있던 거구나. 엄마가 우리에게 주었던 건, 추운 바람을 막아주는 커튼이 아니라 추운 삶을 견디게 해준 시였다.

나는 나지막이 읊조려보았다. '첫봄이 먼 데서 겨울을 이기며 온다.' 언제나 그랬듯 모든 게 괜찮을 것이다. 언제나 처음인 듯 반가울 것이다. 그렇게, 봄이 올 것이다.

그대 잠 못 들고 뒤척일 때 꽃 지는 소리 들린다
다시 돌아눕는 그쪽이 두렵다 무서워 다시 찾는 쪽도
꽃 지는 소리 무섭다
어둡다 어둠 속에서도 눈 감으면 어디선가 아픈 숨소리 들린다
그러면 또다시 내가 돌아누우며 네 손을 더듬어 찾는 줄 알라
우리들의 잠마저 이리 아프고
어디로 돌아눕든 각 진 돌멩이 맨살에 박힌다
친구여
어디로 돌아누울 곳 없어 이렇게 발끈 쭈그려 앉은
이 무서움 속에서
어디선가 우리를 부르는 새벽닭 울음소리를 듣자
어둠 속에 뜬 눈이 꽃처럼 아프다

첫봄이 먼 데서 겨울을 이기며 온다.

– 김용택 〈꽃〉

읽고 또 읽겠지.
겨우 몇 줄의 문장에 불과한 글자들이
우리에겐 따뜻함이 되겠지.

◇
○

밤에 우리 영혼은

어린 시절 엄마와 동생과 잠자리에 누워 늦게까지 이야기를 나누곤 했다. 서서히 졸음이 몰려와 눈꺼풀이 내려앉을 때쯤 엄마는 이불을 끌어 덮어주며 말했다.
"잠들 때는 세상에서 가장 행복한 사람이라고 생각해. 밤이 우리를 지켜줄 거야."

그런 밤은 편안하고 따뜻했다. 나는 단잠을 잤다. 자고 일어나면 새로운 아침이 밝아 있었다. 서늘한 아침 공기를 느끼며 나는 이불 속을 파고들었다. 몽롱한 정신으로 온기를 찾았다. 내 곁에 누운 엄마의 가슴팍이나 손목, 동생의 등과 어깨를 가만히 쓸어내리면서 잘

잤느냐고 건네는 아침 인사가 행복했다. 하지만 그런 아침은 자주 찾아오지 않았다.
엄마의 바람과는 달리, 밤은 우리를 지켜주지 못했다. 우리 집에는 매일 소란스러운 밤들이 찾아왔고, 끝내 가족들은 흩어져 살았다. 낯선 곳에서 불안한 잠을 자며 나는 거의 매일 꿈을 꿨다. 더러는 괜찮은 꿈도 있었지만 대체로 나쁜 꿈이었다.

혼자 유학 생활을 하던 열아홉 살 때, 거짓말 않고 두 달 내내 악몽에 시달린 적이 있었다. 철제 이층침대가 여섯 개 놓인 기숙사 방에서 열두 명이 함께 생활하던 때였다. 나는 왼쪽 가운데에 놓인 침대의 아래층에서 잠을 잤다.
뒤척이다 잠이 들면, 누군가 머리맡에 서 있거나 가슴팍에 앉아 있거나 얼굴을 맞대고 목을 졸랐다. 억지로 눈을 질끈 감았다. 그럼 쫓기거나 꼼짝 못하거나 떨어지는 꿈들이 이어졌다. 괴로운 날들이었다. 밤이 오는 것이, 잠이 드는 일이 무서웠다.
나는 무사히 잠들기 위해 여러 가지 방법을 써봤다. 공들여 샤워를 하고 따뜻한 우유를 마셨다. 좋아하는 노래를 듣기도 하고 늦게까지 책을 읽었다. 이모가 준 성경책을 머리맡에 두기도 했다. 아예 자지 않고 밤을 지새우기도 했다. 하지만 모두 소용없었다.

너무 괴로워서 일상생활이 힘든 지경에 이르렀을 때, 보다 못한 같은 방 친구들이 제안을 했다. 우리 침대에서 자지 말고 방바닥에 다 같이 모여 자자고. 그날 밤, 나를 가운데 두고 열한 명이 좁은 방바닥에 다닥다닥 붙어 누웠다.

우리는 어둠 속에서 이야기를 나눴다. 하나같이 유치하고 가볍고 실없는 말들이었다. 여기저기서 웃음이 새어 나왔다. 누운 자리가 너무 좁아서 옆옆 사람의 웃음까지도 팔뚝에 느껴졌다. 이렇게 자니까 우리 수학여행 온 거 같다. 불편해도 재밌네. 가끔 이렇게 자는 것도 나쁘지 않겠어. 조잘거리던 친구들이 하나둘 잠이 들었다. 나는 잠든 친구들의 숨소리를 들으며 마지막에 잠들었다. 아주 곤히 잤다. 그날 이후로 좀 괜찮아졌다. 여전히 악몽을 꾸는 날은 많았지만 견딜 만했다.

한 침대에 누워 함께 밤을 보내는 두 사람의 이야기를 담은 아름다운 소설을 읽은 적이 있다. 켄트 하루프의 《밤에 우리 영혼은》. 거기서 여주인공은 이런 말을 한다.

"가끔 나하고 자러 우리 집에 올 생각이 있는지 궁금해요. 밤을 견뎌내는 걸, 누군가와 함께 따뜻한 침대에 누워 있는 걸 말하는 거예요. 나란히 누워 밤을 보내는 걸요. 밤이 가장 힘들잖아요. 잠을 좀 자보려고 수면제를 먹거나 늦게까지 책을 읽는데 그러면 다음날 하루 종일 몸이 천근이에요. 나 자신에게는 물론이고 다른 사람에게도 아무 쓸모없게 돼버리는 거죠. 그런데 침대에 누군가가 함께 있어준다면 잠을 잘 수 있을 것 같아요. 좋은 사람이, 가까이 있다는 것. 밤중에, 어둠 속에서, 대화를 나누는 것."

이 부분을 읽다가 깨달았다. 오랫동안 내가 나쁜 꿈을 꾸었던 이유를. 그건 두려움도 공포도 아닌, 외로움 때문이었다. 나는 늘 혼자였다. 혼자를 견디는 것이 당연하다고 생각했다. 어딘가 기대고 싶은 마음을 닫아두고 나의 외로움을 모른 척했다. 사실 나는 아주 외로운 사람이라는 걸 인정하지 않았다. 가족들 곁에, 사랑하는 사람 곁에 아이처럼 가만히 안겨 있고 싶은 밤도 아주 많았는데, 어떻게든 혼자서 견디려고 애를 썼던 것이다.

이십 대 시절에도 악몽은 나의 친구였다. 슬프게도 너무 익숙해서 견딜 만했다. 새벽에 출근하거나 밤새워 일하고 소진된 정신으로 기절하듯 쓰러져 잠을 잤다. 밤은 여전히 길고 외롭고 힘들었다. 악몽을 꾼 날은 아침까지 잠들지 못하고 글을 썼다. 악몽에 대하여, 상처에 대하여, 외로움에 대하여, 그것들을 모두 가진 나에 대하여. 그런 나는 이상한 사람이 아니라고 쓰면서 밤을 견뎌냈다.

그런데 놀랍게도 서른을 넘어서고는 악몽을 잘 꾸지 않는다. 그사이 나는 남편을 만나고 쌍둥이 두 아이를 낳았다. 나에게 가족이 생긴 이후로 나쁜 꿈은 사라졌다. 말로는 설명할 수 없는 아주 이상한 일이었다.

말로는 설명할 수 없는 아주 이상한 밤도 나는 기억한다. 남편과 두 살배기 아이들을 재우다가 방바닥에 아무렇게나 누워 다 같이 잠이 든 날이었다. 악몽을 꾸다가 잠에서 깼다. 보이는 건 어둠뿐. 짙은 어둠이 나를 집어삼킬 듯 짓누르고 있었다. 나는 물에 빠진 사람처럼 허우적대며 바닥을 더듬거렸다.
그때 무언가 작고 따뜻한 것이 손에 잡혔다. 아이의 발이었다. 아이는 내 곁에 거꾸로 누워 자고 있었다. 아이의 발을 붙잡고 가만히 숨을 골랐다. 아주 천천히 여린 맥박이, 조그만 온기가 느껴졌다. 고요한 어둠 속에 곤히 잠든 남편과 두 아이의 숨소리가 들렸다. 내 곁에 모두가 살아 숨 쉬고 있었다. 나를 지켜주고 있었다.

그 순간. 어둠이 다정했다. 익숙하고 친근했다. 함께 누운 우리는 편안하고 아무 근심이 없었다. 나는 지금 죽는다 해도 상관없을 것 같다고. 그렇게나 행복했다. 그래서 울었다.

밤에 우리 영혼은.
잠들지 않고 서로의 곁을 지켜주고 있는 걸까.
여린 맥박으로, 조그만 온기로, 가만한 숨결로.

부드러운 이불 같은 어둠을 함께 덮고, 가까이 누워 이야기를 나누는 밤. 그러다가 스르르 잠드는 밤. 잠이 깼을 때 옆 사람의 숨소리에 안심하는 밤. 나쁜 꿈을 꾼 날이면 괜찮다며 이마를 짚어주는 밤. 손을 잡아주는 밤. 끌어안고 등을 토닥이는 밤. 믿을 수 없게도 나는 그런 밤들을 매일 보내고 있다.

이제 나는 밤마다 아이들 곁에 누워 속삭인다.
"잠들 때는 세상에서 가장 행복한 사람이라고 생각해. 우리가 서로를 지켜줄 거야."
언젠가 이 밤들도 사람들도 사라질 것을 안다. 알지만 조금만 천천히, 오래, 우리가 이 밤에 머물렀으면 좋겠다. 잠들기도 잠들지 않기도 하면서. 그렇게 서로의 곁에.

◇
○

자전거를 타는 저녁

처음 혼자서 자전거를 탔던 날을 기억한다. 열 살 되던 해였다. 동생과 나는 어린이날 선물로 자전거를 선물받았다. 누나는 열 살인데 자전거도 못 타냐며 남동생에게 타박을 받으면서 나는 자전거를 배우기 시작했다.
해 질 무렵 우리는 자전거를 끌고 학교 운동장에 놀러 나갔다. 동생은 씽씽 잘만 타는데 나는 자꾸만 넘어질까 무서워 주춤거렸다. 그러다 깜빡 긴장을 잊은 순간이었다. 자전거를 잡아주던 동생이 손을 놓아버린 것도 모르고 나는 혼자 달리기 시작했다.

운동장에 땅거미가 내려앉고 있었다. 비틀거리던 자전거 바퀴가 부드럽게 굴러갔다. 포근한 저녁 공기와 뺨을 스치는 선선한 바람, 쉬이 쉬이 귓가를 스치는 바람 소리. 달리고 있을 뿐인데 가슴이 벅차올랐다. 처음 느끼는 기분이었다. 와락 품에 안겨 오는 자유로움이 너무 좋아서, 나는 차릉 차릉 경적을 울리며 어두워진 운동장을 몇 바퀴나 돌았다. 즐거운 기억이었다. 이후로도 자전거는 내 유년시절과 함께했다. 하지만 점점 나이가 들고 도시 생활을 하면서 나는 바빠졌고 자연스레 자전거를 잊고 살았다.

서른 살이 되어서야 다시 자전거를 만났다. 바쁘다고 마땅한 취미 하나 없는 게 아쉬워서 운동 겸 '자전거 타기' 취미라도 가져볼 작정이었다. 나는 검은색 몸체에 조그만 바퀴를 가진 귀여운 자전거를 샀다. 타는 법을 잊어버린 건 아닌지 자전거 가게 앞을 두 바퀴 돌아보았다. 조금 비틀거리긴 했지만 금방 익숙해졌다. 신기하게도 몸이 자전거를 기억하고 있었다. 그날부터였다. 나는 자주 한강공원에 나가 자전거를 탔다.
날씨가 좋은 저녁이면 서둘러 자전거를 끌고 나섰다. 한강 너머로 천천히 밤이 오고 있었다. 그럼 난 '오늘 하루도 잘 살아냈구나' 하는 뿌듯한 힘으로 페달을 밟았다.

자전거가 달린다. 시원한 바람이 뺨을 비벼온다. 귓가에 바람 소리가 스친다. 짙은 풀냄새가 코끝에 닿는다. 풍경들이 영화처럼 지나간다. 단지 바람을 맞으며 달리는 것뿐인데 기분이 좋았다. 잡으려 애쓰지 않아도 행복이 내게 안겨 왔다. 자전거를 타는 저녁은 그랬다.

하지만 이런 평화로운 저녁을 맞이하는 일은 흔하지 않다. 그러기에 우리는 너무 바쁘게 산다. 한때 내가 자전거를 잊고 살았던 것처럼, 사람들은 만원 전철과 불 켜진 건물에 갇혀서 자전거 타는 법을 잊고 살아가는 것 같다. 오늘 날씨가 어땠는지 하늘과 바람을 느끼는 일조차 빠듯한 하루가 안타깝다. 세상 사는 일도 자전거를 타는 일처럼 조금만 여유롭다면 참 좋을 텐데.

자전거 타기에 가장 좋은 계절은 초여름이다. 초여름은 유난스럽지 않다. 부족하지도 지나치지도 않은 평온한 날씨가 이어지고 꽃과 식물들이 건강하게 피어난다. 해가 져도 곳곳에는 기분 좋은 생기가 넘쳐흐른다.
시인 메리 올리버는 '평온한 날씨도 엄연히 날씨이며 보도할 가치가 있다'고 했다. 평온한 날씨에 한가롭게 자전거를 타는 일. 하루의 끝에서 온전히 나만의 시간을 가지는 일. 아무 생각 없이 그저 바람을 느끼는 일. 이처럼 특별하지 않아서 소소하다 느끼는 일들이야말로 나는 특별하다고, 행복하다고 생각한다.

우리에게는 언젠가 처음으로 자전거를 탔던 날이 있었다. 넘어질까 조마조마한 마음으로 자꾸만 뒤를 돌아보던 처음이 있었고, 비틀거리던 자전거가 부드럽게 굴러가던 신기한 순간이 있었다. 차릉 차릉 경적을 울리며 자전거를 달렸던 기분 좋은 날이 있었다. 그동안 잠시 잊고 살았을 뿐, 자전거를 타는 일은 이토록 즐겁다.
날씨 좋은 날, 한 번쯤 가벼운 마음으로 자전거를 타러 가는 건 어떨까. 복잡한 일들은 잠시 접어두고 바람을 맞으며 자전거를 타는 저녁. 두 발로 힘차게 페달을 밟으며 우리, 마음껏 행복해지자.

특별하지 않아서 소소하다 느끼는 일들이야말로
특별하다고. 행복하다고.

올 나간 티셔츠

나무 의자에 걸려 티셔츠 올이 나갔다. 겨우 올 하나 나갔을 뿐인데 내보이기 부끄러운 옷이 되었다. 수천수만의 촘촘한 올 가운데 빗금처럼 나가버린 실오라기 하나가 유독 눈에 띄기 때문이다. 이 옷은 이제 밖에서는 입지 못할 것이다.

마음에 대해 생각한다.
마음은 올이 나갔다고 해서 밖에 내보이지 않으면 그만일 수 없다. 누군가의 말 한마디에 마음이 따끔거린 날이 있었다. 그날 나는 그 마음을 입은 채로 돌아다녔다. 어깨를 펼 수 없고 대화할 수 없고 웃을 수 없었다. 상처받은 마음은 그렇게 티가 났다. 내색하지 않았어도 나와 마주친 사람들은 힐끔 쳐다보았을 것이다. 떼어주고 싶은 부스러기 같은, 가려주고 싶은 얼룩 같은, 정리해주고 싶은 보풀 같은 나의 마음을.

들키고 싶지 않은 마음이 있다. 올이 나가고 얼룩이 묻고 낡고 닳고 해진 마음. 하지만 감추려 하면 할수록 도드라지기에 나는 그냥 두기로 했다. 주변 시선에도 꿋꿋이 앞만 보고 걸었던 그날처럼.

티셔츠에 길게 삐져나온 실오라기를 매듭지어 끊어주었다. 갈아입을 생각은 하지 않았다. 이제야 아무렇게나 입기에 좋은 옷이 된 것 같다고. 더 자주 손이 갈 것 같다고. 어느샌가 편해졌다.

이야기가 말을
걸어올 때

◇
○

나는 연필이었다

빵집 아들의 운명은 도넛이다. 그렇기에 늘 텅 비어 있고, 그 텅 빈 부분을 채우기 위해 살 수밖에 없다. 그것이 김연수 작가의 깨달음이었다.

《청춘의 문장들》에서 그 구절을 읽는 순간 갑자기 나는 나의 운명을 깨달았다. 나는 검은 건반이었다. 마음 어딘가에 늘 어두운 부분이 있고, 그 부분을 밝히기 위해 살아갈 수밖에 없는 운명. 아무리 해도 천성 저 바닥 밑까지 밝은 빛이 어리기엔 나는 좀 많이 어둡고 어느 정도는 불협화음과 같은 존재였다. 누군가가 도와줄 수 있는 일도 아니었다. 나도 나를 도울 수 없었다. 태어나길 검은 건반으로 태어났는데, 별 다른 도리가 있겠는가. 그것이 피아노

선생님의 딸로서 얻을 수 있는 최대의 깨달음이었다. 나는 검은 건반이었다.

도넛으로 태어난 사람이 있고, 검은 건반으로 태어난 사람이 있는 법이다. 칠판으로 태어난 사람이 있고, 스피커로 태어난 사람도 있고, 계산기로 태어난 사람도 있는 법이다. (…) 이건 본인이 선택할 수 있는 문제가 아니다. 그냥 그렇게 태어나는 것이다. 도망칠 수도 없다. 아빠처럼은 살지 않을 거라고 젊은 시절 내내 소리를 질렀지만 어느새 거울을 보면 아빠와 똑닮은 자신을 발견하게 되는 것과 같은 이치다. 그냥 그렇게 태어나는 것이고, 받아들일 수밖에 없는 것이다.

- 김민철 《모든 요일의 기록》 '그냥 그렇게 태어나는 것'

나는 연필이었다. 작은 글씨로 내 이야기를 썼다가 지우기를 반복했다. 언제나 예쁘고 완벽한 심을 세우기 위해 자신을 깎고 또 깎았지만 쓰려고만 하면 부러져서 자주 우울한 연필이었다. 아무도 읽어줄 리 없는 내 이야기를 솔직히 쓰지 못해 슬픈 운명이었다. 나는 글쓰기가 좋았지만 싫었다. 그럼에도 늘 쓰고 싶다고 생각하며 살았다. 국어 선생님의 딸로서 얻을 수 있는 깨달음이었다.

아빠는 국어 선생님이었다. 한문이 가득한 책을 즐겨 읽고 시 쓰기를 좋아했다. 이웃 학교에서 내 동창들을 가르치던 아빠는 무서운 별명으로 불렸고 종종 취한 채로 교실에 들어갔다. 항상 술 냄새를 풍기던 아빠. 아빠는 술만 마시면 다른 사람으로 변했다. 중학교가 겨우 세 개인 소도시라서 내가 다니던 학교 선생님들도 모두 아빠를 알았다. 나는 선생님들이 우리 집 사정을 알면서도 모른 척하고 있단 것도, 가끔 측은하게 나를 바라보고 있단 것도 알고 있었다. 그래서 나는 잘 웃고 공부 잘하는 국어 선생님 딸이어야 했다. 그것이 내가 마지막 자존심을 지키는 방식이었다.

아빠를 닮아서 나는 글을 곧잘 썼다. 하지만 백일장은 싫었다. 백일장에 가면 이웃 학교 지도교사로 온 아빠와 마주쳤다. 구석에서 혼자 글을 쓰고 있으면 아빠가 다가와 내 글을 읽었다. 그리고 말했다. 이건 고쳐야겠구나. 이렇게 쓰는 게 낫겠다. 나는 조용히 원고지를 받아들고 지우개로 쓴 글을 지웠다. 일부러 거짓말을 잔뜩 늘어놓았다. 백일장에 나간 날은 큰 상을 받지 못했다. 언제부턴가 일기도 아빠가 읽고 있단 사실을 알고는 쓰지 않았다. 아빠와 관련된 모든 게 싫었다.

아주 가끔 아빠가 다정한 모습으로 돌아오는 때가 있었다. 그때마다 아빠는 연필을 깎아주었다. 공부하는 도구는 언제나 깔끔해야 한다며 뭉툭해진 연필들을 모두 가져오라 했다. 신문지를 깔고 그 위에 쪼그려 앉은 아빠. 검은색 접이식 칼을 펼쳐 조용히 연필을 깎았다. 나는 멀찍이 떨어져 앉아서 그 모습을 바라보았다.
연필 깎는 아빠는 사뭇 진지했다. 먼저 연필 머리를 적당히 깎은 다음 제자리에서 돌돌돌 돌리며 표면을 오래 다듬었다. 제법 모양새가 부드러워졌다 싶을 때쯤 비스듬히 연필을 세우고 심을 갈았다. 사각사각. 연필 가루가 쌓여 조그만 산 몇 개를 만들었다. 아빠는 몽당연필도 그냥 버리는 법이 없었다. 다 쓴 볼펜대에 몽당연필 끝을 다듬어 끼운 후 테이프로 깔끔하게 감았다. 그리고 다시 정성 들여 연필을 깎았다.

연필을 깎는 동안은 아빠 얼굴을 제대로 볼 수 있었다. 날카로운 눈매와 매부리코, 굳게 다문 입술, 네모난 턱. 아빠의 얼굴에 내 얼굴이 있었다. 싫었다. 싫었다가 곧 슬퍼졌다. 두꺼운 안경알 너머 아빠의 눈을 바라보고 있어도 나는 아빠가 어떤 생각을 하는지, 어떤 사람인지 전혀 알 수 없었다.

그렇게 아빠가 깎아준 연필들. 잘 깎여 가지런히 놓인 연필들은 다정했다. 새것 헌것 가릴 것 없이 모두 예뻤다. 하지만 나는 연필심이 부러지길 바라며 일부러 꾹꾹 눌러 썼다. 막 깎은 새 연필을 몰래 두동강 낸 적도 있었다. 미워하고 미워하고 미워하는 마음으로 아빠를 바라보았던 것처럼, 미워하고 미워하고 미워하는 마음으로 연필을 썼다. 그러니 쓰는 글도 다정하지 않았으리라. 아빠처럼은 살기 싫다고. 절대로 글 쓰는 사람은 되지 않겠다고 다짐했다.

훗날 아빠와 헤어지고 나서야 제대로 쓸 수 있게 되었다. 솔직히 쓸 수 있어 살 것 같았다. 아무도 읽어주지 않아도 괜찮았다. 빈 노트에 책 모퉁이에 편지지에. 연필로 내 이야기를 쓰기 시작했다. 그게 오늘까지 이르러 이렇게 내 이야기를 쓰고 있다. 아빠처럼은 살지 않을 거라고 다짐했던 내가 글 쓰는 사람으로 살아가고 있는 건, 글 쓰던 아빠를 닮았기 때문일 것이다. 쓰고 싶다는 마음을 도저히 누를 수가 없었다. 어쩔 도리 없이 나는 그냥 그렇게 태어났다. 받아들일 수밖에. 나는 연필로 태어났다.

내가 이런 운명에서 도망치려고만 애쓰던 뾰족한 연필이었을 땐 마음 어딘가에 늘 미움을 안고 살았다. 그 뾰족한 마음이 자꾸만 사방을 찔러대 곁에 있던 사람도 다가오는 사람도 나 자신조차도 아프게 했다. 미움을 품고 사는 마음이 얼마나 아픈지 누군가를 진심으로 미워해본 사람은 안다. 다른 사람을 지독히 미워하느라 정작 자신을 사랑할 여유가 없다. 나는 오랫동안 그런 마음으로 살아왔다. 돌아보면 안타깝고 가여운 시간이었다.

한없이 뾰족할 것만 같았던 내가 지금은 동그랗고 부드러워졌다. 아이러니하게도 그 마음을 계속 글로 써왔기 때문이다. 내가 연필이었기에 가능한 일이었다. 그래서 생각한다. 이런 운명이라면, 어쩔 도리 없이 연필로 살아가야 한다면. 살아가는 동안 부끄러운 글은 쓰지 말아야지. 그 시절 백일장 같은 글은 쓰지 말아야지. 남을 아프게 하는 글은 쓰지 말아야지. 나는 오래도록 쓰면서 작아지고 싶다. 볼품없이 뭉툭해진 몽당연필이 되더라도 정직한 마음으로 따뜻한 글을 쓰는 연필이고 싶다.

◇
○

한여름 소나기의 맛

"비 올 땐 잔치국수지."

비 오는 날이면 엄마는 국수를 만들었다. 커다란 그릇에 돌돌 만 하얀 소면을 담고, 초록 호박 노랑 지단 주황 당근 빨강 김치 고명을 올린 후, 뭉근하게 우려낸 멸치 육수를 부었다. 동그란 밥상 위에 잔치국수 세 그릇. 반찬 하나 없어도 괜찮았다. 간장 조금 넣고 젓가락으로 휘휘 저어 기다란 면발을 힘차게 들이켜면 입안 가득 채워지는 따뜻함이 좋았다.

열어둔 창밖에는 주룩주룩 비가 내리고 우리 가족은 모여 앉아 호록호록 국수를 먹었다. 국수를 먹을 때는 꼭 '호록호록' 소리가 났다. 호록호록 호록호록. 한여름 빗소리처럼 경쾌한 그 소리. 엄마 말마따나

비 올 땐 잔치국수라고 비와 참 잘 어울리는 음식이라고 생각했다. 그런데 엄마, 왜 '잔치국수'라고 불러?
"글쎄다. 잔칫날 먹는 음식이라서? 잔칫집 음식처럼 먹고 나면 마음이 푸짐하라고?"

국수라는 게 요즘이야 쉽게 먹을 수 있지만 예전에는 잔칫날에나 먹을 수 있는 귀한 음식이었어. 엄마 어렸을 땐 잔칫집 가면 커다란 솥에다 국수만 종일 삶아 냈거든. 그럼 꼬맹이들은 국수 삶는 아줌마 옆에 앉아서 고것만 보는 거야. 배고픈 시절이니 삶아도 삶아도 계속 나오는 국수가 얼마나 배부르던지. 그날의 잔치국수는 정말이지.
"무진장 마음이 푸짐한 맛이었다구."

엄마는 나만 한 꼬마였던 시절을 그렇게 회상했다. 마음이 푸짐한 맛은 뭘까. 잔칫집에 가봤어야 알지. 아이 나는 잘 모르겠다고 국수만 먹었다. 호록호록 먹다 보면 그 많은 면발이 금세 다 사라졌다. 남은 국물마저 깨끗이 비우고 나면 따뜻한 국물이 배 속에서 찰방거렸다. 아아. 따뜻하다. 배부르다. 잠이 온다. 이보다 더 좋을 순 없지. 나는 부른 배를 땅땅 두드리며 왠지 모르게 마음이 푸짐한 기분이 드는 것 같다고 생각했다.

어느덧 나는 엄마가 만들어준 잔치국수를 그리워하는 어른이 되었다. 집에서 잘 차려 먹으면 좋겠지만 그럴 만한 시간도 손재주도 없어서 대부분 끼니를 바깥 음식으로 해결했다. 더구나 프리랜서로 일하고부터는 거의가 혼자 먹는 밥이었다. 혼자서도 밥 잘 먹는 사람은 많지만 나는 아니었다. 혼자 먹는 밥은 왠지 어색하고 처량해서 후다닥 해치워버리곤 했다. 밥을 먹고는 있지만 대체 무슨 맛인지 모르겠다고. 일 인분의 음식은 왜 이렇게 금방 식어버리는 거냐고. 꾸역꾸역 삼키는 밥은 정말이지 맛이 없었다. 너무 쓸쓸했다. 나는 어느새 혼자 밥 먹고 혼자 밥투정하는 쓸쓸한 어른이 되어 있었다.

어느 여름날, 집으로 돌아가는 길에 소나기를 만났다. 잠시 비를 피해 서 있는데 길 건너 노란 불빛이 보였다. 국숫집이었다. 시장통에서나 볼 법한 허름한 가게. 아주머니 두 분이 조리실 창문을 활짝 열어두고 국수를 삶고 있었다. 실타래 같은 면발을 들어 올릴 때마다 커다란 솥에서 뜨거운 김이 피어올랐다. 안개처럼 자욱한 김 사이로 노란 전등이 반짝이는 국숫집. 무슨 신기루 같은 광경이었다. 갑자기 못 견디게 배가 고팠다. 평소라면 집에 포장해 갈 일이었지만, 그날은 비도 피할 겸 막 나온 따뜻한 국수가 먹고 싶었다. 나는 국숫집으로 뛰어갔다.

가게 안은 만석이었다. 하지만 빗소리와 텔레비전 소리만 왕왕 울릴 뿐 이상할 정도로 조용했다. 대부분이 비를 피해 혼자 온 사람들이었다. 저기 앉아요. 주인아주머니의 막무가내 손길에 떠밀려 나는 구석 자리에 앉았다. 내 앞에는 낯선 사람이 앉아 있었다. 얼떨떨하게도. 내 생애 첫 합석 식사였다.

잔치국수를 시켰다. 기다리는 동안 어색한 공기가 흘렀다. 휴대폰을 보는 척했지만, 자꾸 앞에 앉은 사람에게 눈길이 가는 건 어쩔 수 없었다. 슬쩍 보니 정장 차림에 머리가 희끗희끗한 회사원이었다. 이 여름에 넥타이와 재킷만 봐도 더워 보이는데, 남자는 땀을 뻘뻘 흘리면서 잔치국수를 먹고 있었다. 고개를 푹 숙이고 국수만 먹느라고 안경에 뿌옇게 김이 서려 있었다. 왠지 그게 나 때문인 것만 같아 미안했다.
국수가 나왔다. 넘칠 듯 푸짐한 양이 후딱 비우긴 힘들 것 같았다. 하긴 국수를 다 먹는대도 비가 그치기 전에는 꼼짝할 수 없으니 나는 이 어색한 자리에서 최대한 천천히 국수를 먹어야 했다.
호록호록. 국수는 눈치도 없이 경쾌한 소리를 내며 목구멍으로 넘어갔다. 모르는 사람과 마주 앉아서 호록호록. 어색하니 호록호록. 쓸쓸하니 호록호록. 내 밥그릇 말고는 시선 둘 곳이 없어서 귓가에는 그저 호록호록 소리만 선명하게 들려왔다.
그런데 가만히 들어보니 내 소리만이 아니었다. 내 앞에 내 옆에 내 뒤에. 혼자 국수 먹는 사람들의 소리가 '호록호록 호록호록' 작은 빗소리처럼 들려왔다. 이상하게도 그 소리가 안심이 됐다. 문득 우리가 먹고 있는 음식이 국수라서 다행이란 생각이 들었다. 만만한 가격에 넘칠 듯 푸짐해서, 단순히 젓가락질만 해도 어색함이 무뎌져서, 헛헛한 속을 채우는 국물이 따뜻해서, 가게 안에 모두가 쓸쓸한 사람들이라서 다행이었다.

국수를 먹으며 엄마의 이야기를 떠올렸다. 내가 먹고 있는 음식 이름이 '잔치국수'인 이유, 따뜻한 국수를 나눠 먹었다던 잔칫집의 풍경을. 특별한 날 동네 사람들이 한자리에 모여 푸짐한 음식을 먹는 곳이 잔칫집이라면 여기도 다름없었다. 소나기 퍼붓는 저녁에 배고픈 사람들이 비를 피해 이곳에서 푸짐한 국수를 먹고 있으니. 그야말로 우리는 잔칫집에 놀러 온 손님들 같았다.
허기와 음식은 모두에게 공평했고 이곳에 모인 우리는 맛있게만 먹으면 그만이었다. 그렇게 생각하니 누구 하나 불편하지 않았다. 어쩌면 마음가짐의 문제였을까. 그까짓 혼자 먹는 밥이 뭐라고 나는 여태 굶고 있었을까. 매일 혼자 먹던 밥이 그 순간만큼은 다르게 느껴졌다. 호록호록. 쓸쓸한 속을 든든히 채우고 씩씩하게 세상 구경 나가고 싶어졌다.

그릇을 다 비우고 밖에 나섰다. 비를 피한 보람도 없이 여전히 세찬 비가 내리고 있었다. 어쩔 수 없지. 나는 그냥 비를 맞기로 했다. 소나기가 내리는 여름 저녁은 어느 때보다 활기가 넘쳤다. 빗물에 반사된 온갖 색들이 선명하게 빛나고. 쏴아아아, 요란한 빗소리와 들뜬 공기가 세상을 가볍게 더 가볍게 두드렸다. 빗물이 힘차게 튀어 오르는 거리. 사람들은 우산을 나눠 쓰거나 가방과 옷가지를 뒤집어쓰고 지나갔다. 나처럼 그냥 비를 맞으며 걸어가는 사람도 여럿이었다. 어차피 우산으로 피할 수 있는 비가 아니었다. 나는 쏟아지는 빗속을 발걸음도 가벼웁게 사부작사부작 걸어갔다.
집에 도착했을 때 거울 속 내 모습을 보고 웃음이 터져버렸다. 꼴이 엉망이었다. 혼자 밥 먹고 혼자 비 맞고 집으로 돌아온 길, 좋을 일은 하나도 없는데 왜 자꾸 웃음이 나는 걸까. 웃을 때마다 따뜻한 국물이 배 속에서 찰방거리는 것 같았다. 아아. 따뜻하다. 배부르다. 얼른 뜨거운 물로 씻고 한숨 자야지. 방바닥에 빗물을 뚝뚝 떨어뜨리면서 생각했다. 나 오늘 잔칫집에 놀러 갔다 온 것 같다고. 왠지 모르게 마음이 푸짐한 기분이 들었다.

호록호록 호록호록
한여름 빗소리처럼 경쾌한 그 소리.

◇
○

오늘 실패를 기념해

친구와 유명한 디저트 카페에 갔다. 손님으로 북적이는 카페. 투명한 진열장에 조그만 수제 케이크들이 반짝이고 있었다. 겨우 손바닥만 한 케이크가 제법 비쌌다. 하지만 케이크는 그래도 용서할 수 있다며 우리는 초콜릿 케이크 한 조각을 사 먹었다. 그런데 친구가 옆 테이블을 흘깃거렸다.

"혼자 왔나 봐."

옆 테이블에는 젊은 여자가 앉아 있었다. 우리 것과 같은 케이크를 앞에 두고서. 카페에서 혼자 케이크를 먹는 건 이상한 일이 아니다. 하지만 앉을 자리도 찾기 힘들 만큼 사람들로 북적이는 카페에서 혼자 케이크를 먹기에, 여자는 흔치 않은 차림새였다. 단정한 정장 차림에 검은 구두, 깔끔한 올림머리와 짙은 화장 속에 비치는 앳된 얼굴은 딱 봐도 면접을 보고 온 학생 같았다.
그녀는 음료를 시키지도 케이크를 접시에 담아 오지도 않았다. 포장 상자에서 꺼낸 케이크 한 조각을 멀뚱히 쳐다보고만 있었다. 소란한 카페 풍경과 정반대인 그녀의 모습에 자꾸 눈길이 갔다.
그녀는 휴대폰을 꺼냈다. 찰칵 찰칵. 셔터음이 날 때마다 주위를 살피며 케이크 사진을 찍었다. 그러고는 케이크 비닐 띠를 떼어냈다. 모든 행동이 조용하고 조심스러웠다. 상자에서 포장용 플라스틱 포크를 꺼낸 그녀, 케이크를 한 입 떠먹었다. 그뿐이었다. 무표정한 얼굴로 그 한 입을 잠시 음미하고는 다시 상자에 케이크를 담아 서둘러 카페를 나섰다. 친구는 황당하다는 듯 웃었다. 하지만 나는 웃을 수가 없었다. 말할 수도 없었다. 사실 나도 그랬던 적이 있었다고.

몸도 마음도 추웠던 취업준비생 시절이었다. 그해 겨울, 나는 카페 구석에 한 시간째 앉아 있었다. 1분 자기소개와 지원동기, 성격의 장단점과 입사 후 포부 같은 면접 문항들을 달달달 외고 있었다. 그동안 열댓 군데 입사 지원을 했지만 면접을 보자고 연락 온 곳은 여기뿐이었다. 유명하지 않은 작은 회사여도 상관없었다. 면접이라도 볼 수 있단 사실이 무척 기뻤다.

면접 시간보다 두 시간 일찍 도착했다. 회사에 들러 면접 장소를 확인하고 회사 팸플릿을 두어 장 챙겨 와 카페에서 기다렸다. 근처에 있는 유일한 카페이기에 들어왔지만 커피가 비싼 곳이었다. 따뜻한 아메리카노 한 잔으로 추위와 허기를 달랬다.
커피 한 잔 사 먹기도 빠듯한 주제에. 나는 78만 원짜리 투피스 정장을 입고 있었다. 다 똑같아 보여도 비싼 게 제값을 한다며 지난봄 엄마가 사준 정장이었다. 여태 입었던 옷 중에서 가장 비싸고 무거운 옷이었다. 면접마다 입고 가야지 마음먹었지만, 봄 여름 가을을 지나 겨울에야 처음 입게 될 줄은 몰랐다. 코트를 걸쳤는데도 얇은 정장 사이로 바람이 스며들었다. 추위 탓인지 긴장 탓인지 나는 으슬으슬 떨었다.

시간에 맞춰 대기실에 도착했다. 비슷한 인상과 차림새의 지원자들이 모여 있었다. 나는 대기실 맨 앞자리에 앉았다. 회사에 발을 딛고 들어선 순간부터 면접은 시작된다. 무의식적으로 행하는 모든 태도가 점수에 반영된다. 수많은 후기에서 읽었던 이야기였다. 자세를 고쳐 앉고 방긋 미소를 지었다. 잘 하자. 나의 첫 면접이었다.
면접은 짧게 끝났다. 면접장에 들어선 나는 와들와들 떨다가, 백지장이 된 머리로 횡설수설하다가, 얼굴이 새빨갛게 달아올랐다가, 억지 미소만 짜내다가는 나왔다. 내 뒤에는 나보다 훨씬 괜찮아 보이는 지원자들이 기다리고 있었다. 그렇게 첫 면접을 망쳐버렸다.

밖으로 나왔다. 겨울바람이 불어왔다. 철 지난 정장은 추웠고, 나는 상처받았다. 창피했다. 한심했다. 속상했다. 자존심이 상했다. 엄청난 감정들이 마구 뒤엉켜 머릿속이 새하얬다. 어디로 가야 할지 몰라 제자리만 서성거렸다. 그러다 들어간 곳이 아까 그 카페였다.
아까는 몰랐는데 카페는 아늑하고 따뜻한 곳이었다. 주황 불빛이 반짝이고 온풍이 감도는 카페. 유리 진열장에는 아기자기한 조각 케이크가 진열되어 있었다. 나는 초콜릿 케이크를 샀다. 그 돈이면 종일 카페에서 공부할 수도 있었지만, 그날만큼은 비싼 케이크 한 조각쯤 고민 않고 사 먹고 싶었다.
초콜릿 케이크를 앞에 두고 앉았다. 작고 예쁘고 비싸고 달콤한 케이크. 멀뚱히 케이크를 바라보며 생각했다. 잘 해왔다고 생각했는데 잘 할 수 있었는데 잘 하고 싶었는데. 어쩌다 이렇게 된 걸까. 다시, 잘 해낼 수 있을까. 눈물이 핑 돌았다. 나는 그 눈물 꿀꺽 삼키고 초콜릿 케이크를 한 입 먹었다. 사무치게 달았다.

'오늘 실패를 기념해.'

나는 오늘의 실패를 간직하기로 했다. 청승맞고 우스워도 어쩔 수 없었다. 괜찮다는 말조차 건넬 수가 없는 최악의 하루. 나마저 나를 다그치고 비웃는다면, 다시는 잘 해낼 자신이 없었다. 나라도 나를 위로해야 했다.

실패도 좌절도 절망도 다 내 것이라고 애써 나를 토닥였다. 내가 실패한 오늘이 다른 사람에게 기념일이 되어선 안 된다고. 나만의 기념일이어야 한다고. 자꾸만 차오르는 눈물을 꿀꺽 삼키며 다디단 초콜릿 케이크를 먹었다. 잊지 못할 기념일이었다.

"케이크 좋아해?"

친구에게 물었다.

"당연하지. 케이크 싫어하는 사람도 있을까?"

"어떤 책에서 이런 얘기를 읽었어. 케이크를 좋아한다는 말은, '케이크'란 말에서 떠올릴 수 있는 달콤하고 조촐한 행복의 이미지를 좋아한다는 의미라고."

"맞는 말 같아. 우린 행복해지고 싶을 때마다 케이크를 찾으니까. 기념일마다 꼭 케이크를 사는 걸 보면."

나는 초콜릿이 잔뜩 묻은 포크를 콕콕 찌르며 말했다.

"사실 나, 이렇게 비싼 케이크를 맘 편히 사 먹을 수 있게 된 지 얼마 안 돼."

"나도 그래."

"아무래도 좀 비싼 행복인 것 같다."

"그래도 지금 행복하니 된 거야."

그래. 너도 나도. 그리고 좀 전에 그녀도. 이 조그맣고 달콤한 초콜릿 케이크를 먹는 동안은 행복했으면 좋겠다. 케이크 한 조각만으로도 충분한 마음이었으면, 그리하여 오늘 하루가 조촐하게 기념할 수 있는 저마다의 기념일이었으면. 그러면 정말 좋겠다고 생각했다.

이야기가 말을 걸어올 때

소설을 쓰고 있다는 열네 살 소녀를 만났다. "선생님 제가 전부터 쓰려고 생각했던 이야기인데요"라며 진지하게 자기 소설 이야기를 꺼냈다. 엄마를 별로 사랑하지 않는 여자애 얘기랬다. 왜 사랑하지 않을까? 묻자, 아이는 "그냥요" 대답한다. 혹시 자전적 이야기일지 몰라 가만히 들어주었다. 그런데 이어진 아이의 말이 긴 여운을 남겼다.

"선생님, 누군가를 좋아하고 싫어하는 데 이유가 있나요? 간단히 설명할 수 없는 마음이잖아요. 엄마라고 무조건 사랑해야만 하는 건 아니라고 생각해요. 제가 쓰려는 소설은 사랑이 아니라 시간에 관한 이야기예요. 엄마를 별로 사랑하진 않지만, 함께 지내온 시간이 사랑보다 더 큰 마음을 만드는 거죠. 그걸 뭐라 정확하게 표현할 순 없지만 소설로 쓰다 보면 알게 될 거예요. 그런데 너무 길고 부담스러워서 다 완성할 수 있을지 모르겠어요."

나는 일단 시도해보라고 했다. 첫 문장과 첫 페이지까지라도 한번 써보자고. 나머지 이야기는 계속해서 쓰면 되니까 걱정할 것 없다고 말해주었다.

리베카 솔닛의《멀고도 가까운》에서 이런 문장을 읽었다. "우리는 우리가 이야기한다고 생각하지만, 종종 이야기가 우리에게 말을 걸기도 한다. 사랑하라고, 미워하라고, 두 눈으로 보라고 혹은 눈을 감으라고."

어떤 이야기는 끊임없이 나에게 말을 건다. 쓰기 위해서 떠올리는 것이 아니라, 내내 맴돌고 사무치다가 끝내 손끝으로 써지는 것이다. 누구에게나 그런 이야기 하나쯤은 있다. 쓰게 될 테지만 쓰기까지가 너무 어려운 이야기. 결국 방법은 하나뿐. 계속해서 쓸 수밖에 없다.

나에게도 그런 이야기가 있었다. 열여덟에 썼던 초고를 고치고 고쳐서 서른이 넘어서야 완성했다. 이 책 어딘가에 그 글이 있다. 읽는 사람들은 모르겠지만 나만 아는 길고 긴 어려운 이야기였다. 그 아이의 소설이 언제쯤 완성될진 모르겠다. 하지만 응원한다. 온 마음을 다해서.

◇
○

슬픔에 대처하는 어른의 마음

스물두어 살 땐 툭하면 울었던 것 같다. 아파서 울고, 헤어져서 울고, 술 마시고 울고, 서러워서 울고. 길거리나 지하철에서 속수무책으로 울기도 했다. 그땐 별 게 다 슬펐다. 내 슬픔도 네 슬픔도 그냥 다 같이 슬펐다. 전화 통화하다 울고, 친구와 껴안고 울고, 바닥에 쪼그려 앉아 울기도 했는데. 그렇게 한바탕 울고 나면 슬픔이 비 온 뒤 하늘처럼 깨끗하게 사라져 있었다. 그래서 그 많은 슬펐던 이야기들이 기억나지 않나 보다. 울다가 모조리 잊어버려서.

서른을 넘기고 나선 울 일이 별로 없다. 우는 게 부끄럽기도 하고 슬픔에 무뎌진 것도 같다. 처음으로 어른의 무게를 느끼던 무렵을 기억한다. 이리저리 치이고 서러운 일들을 경험하던 나날들. 힘든 일은 너무 많은데 들어줄 이는 없고, 누가 들어준다 해도 일일이 내 마음을 설명하기가 어렵고 버거워서, 점점 아무 말도 하지 않게 되었다.
그렇게 마음을 삼키는 일에 익숙해진 탓일까. 나는 좀처럼 울지 않는 어른이 되었다. 눈물보다 한숨이 편한 어른이 되었다. 어쩌면 어른들이 울지 않는 건, 슬픔에 무뎌져서가 아니라 슬픔을 너무 많이 겪어서 다 설명하고 표현하기가 버거워서일지도 모르겠다. 그래서 가장 슬픈 일은, 제 슬픔만 꾸역꾸역 삼키다 보니 타인의 슬픔을 헤아릴 여유가 없다는 거다.

얼마 전엔 친구의 슬픈 이야기를 건네 들었다. 가슴이 쿵하고 내려앉았다. 늘 웃고 다니던 유쾌한 친구였다. 친구는 슬픈 일을 겪고도 티 내지 않았다. 평소처럼 웃기만 했다. 웃는 얼굴을 너무 쉽게 믿으면 안 된다는 걸 잠시 잊고 있었다. 웃는 얼굴 너머에 무슨 일이 있었는지 알아채지 못해서 미안했다. 하지만 괜찮냐고 선뜻 물어볼 수 없었다. 내게 말하지 않았던 건 그만한 이유가 있을 거라고. 선부른 위로는 오히려 상처가 될지도 모른다고 짐작하는 나이가 되었다.

이런 게 어른의 마음일까. 슬픔도 위로도 너무 삼켜서 체할 것 같은 이 마음에도 언젠가 여유가 생길까. 내내 마음이 좋지 않았던 그날 저녁, 나는 좀 울고 싶다고 생각했다.

◇
○

그냥 같이 사는 상처

내 왼쪽 눈동자에는 먼지 하나가 떠다닌다.

어느 날 자고 일어났는데 눈앞에 실오라기 같은 게 어른거렸다. 눈을 비비고 씻고 안경알을 닦아보고 인공눈물을 넣어봤지만 소용없었다. 금이 간 렌즈를 낀 것처럼 시야가 답답했다. 하룻밤 자고 나면 괜찮아지겠지 싶었는데 몇 주가 지나도 그대로였다.

나는 지독한 근시라서 예민할 정도로 눈에 신경이 쓰인다. 특히 왼쪽 눈은 백내장으로 발전될 수 있으니 주의해야 한다는 소리까지 들은 터였다. 하필 그런 왼쪽 눈에 문제가 생긴 것이다. 겁이 났다. 지역 카페에서 괜찮은 안과를 검색해 찾아갔다. 이것저것 검사를 받고 나서 비문증이라는 진단을 받았다.

모기가 날아다니는 것 같다고 해서 이름 붙여진 비문증. 눈을 움직일 때마다 실오라기 같은 모습이 눈앞에 어른거려 시야가 불편한 증상이 나타난다. 유리체에 아주 작은 찌꺼기가 생긴 거라고 의사는 말했다.

"이건 치료할 도리가 없어요. 자연스럽게 없어질 수도 있고 없어지지 않을 수도 있어요."

치료할 도리가 없다는 말을, 의사가 너무나 차분하게 말해서 조금 놀랐다.

"없어지지 않으면 어떡하나요?"

"그냥 둬요. 적응하면 괜찮아져요."

원한다면 레이저 시술을 받을 수도 있지만 오히려 눈에 무리를 줄 수 있다고. 시술받아야 할 정도까지 비문증이 심한 편도 아니고, 고도 근시를 가진 사람들에겐 자주 나타나는 증상이니 크게 신경 쓰지 말라고 의사는 말했다. 아무리 그래도 그냥 두라니. 이런 무책임한 말이 또 있을까 싶었지만 나도 모르게 고개를 끄덕이고 있었다.

"지금 제 얼굴 보이시죠? 떠다니는 먼지가 인식되나요?"

"아뇨."

"그럼 괜찮아요. 벌써 적응했네요. 환자분은 비문증이 문제가 아니에요. 안구건조증이 더 심각하다고요."

결국 안구건조증 처방만 받고 병원을 나섰다. 깜박 깜박. 좀 멍청해진 기분으로 복도에 하얀 벽을 바라보았다. 다시 빙그르르 허공을 떠도는 먼지가 보였다. 보려고 마음먹으니 다시 눈앞이 답답해진 것 같았다.
자연스럽게 괜찮아질지 모르겠지만, 어쨌든 나는 시야에 작은 상처가 났다. 심각한 병 아닐까 걱정했을 땐 눈을 깜박이는 모든 순간이 불편하고 두려웠다. 최악의 상황을 상상하며 혼자 괴로워하기도 했다.

보려고만 마음먹으면 눈동자에 떠다니는 먼지가 보이는 것처럼, 떠올리려고만 마음먹으면 잊고 살았던 나쁜 기억들이 생생히 떠오른다. 작고 많은 나의 상처들. 사소해서 잠시 잊고 지냈던 상처, 너무 오래되어 익숙해진 상처, 예전보다는 덜 아픈 상처, 떠올리기조차 싫어 억지로 지워버린 상처, 불현듯 마주하면 너무 아픈 상처.
일부러 떠올리기 전까지 나는 그것들을 잊고 살았다. 시간이 흘러 깨끗이 나아진 거라고, 잊은 거라고 생각했었다. 그런데 그게 아니었다. 상처들은 그냥 나와 같이 살고 있었다. 약간의 아픔을 감내하고 약간의 불편함을 감수하면서. 이름 부르면 불쑥 부루퉁한 얼굴을 내미는 상처들을 껴안고 지금껏 살아왔던 거였다. 나는 상처투성이 존재였구나. 새삼 깨닫는다.

"그냥 둬요. 적응하면 괜찮아져요."
이상하게도 미덥지 않은 의사의 말이 안심이 되었다. 마음의 상처들도 그냥 두어도 괜찮다고 말해주는 것 같아서. 사실 그렇다. 반드시 모든 상처를 없던 일처럼 깨끗이 지워야만 제대로 살 수 있는 건 아니다. 그러기도 거의 불가능하고. 모든 상처를 극복하려 애쓰던 날들, 돌이켜보면 나는 제 상처를 이리 건드리고 저리 건드리며 구태여 아파했던 것 같다. 괜찮아지기 위해서는 그냥 가만히 내버려두는 방법도 있다는 걸 그땐 몰랐다.

힐끔 하늘을 올려다보니 빵조각을 뜯어놓은 것 같은 구름 부스러기가 흩어져 있었다. 여기에 먼지 하나 떠다닌다 해도 하늘이 하늘이라는 것, 하늘이 아름답다는 사실은 변함없다. 그리고 나도. 내가 나라는 것, 여기 이렇게 살아 있다는 사실은 변함없다. 하룻밤 자고 일어나도 내 시야의 상처는 그대로일지 모른다. 그렇다 해도 나는 나름의 방식으로 적응하고 괜찮아질 것이다.

나를 그냥 두기로 했다. 상처투성이인 채로, 상처들과 그냥 같이 살아갈 생각을 했다. 발걸음이 한결 가벼워졌다. 툭 놓아버리자 어쩐지 유쾌해졌다.

◇
○

몰라줘도 서운하지 않은 그날의 방송

스물한 살의 나. 아침 6시면 일어나 창문을 열고 푸르스름 밝아오는 하늘을 구경했다. 그리고 학교 갈 준비를 했다. 모든 수업은 9시부터 시작. 1교시 수업이 있는 것도 아닌데 7시 반이면 학교에 도착했다. 우리 대학교는 담장도 정문도 없었다. 캠퍼스도 고등학교처럼 작았다. 지나가는 사람이 본다면 동네 공원 같은 생김새의 대학교였다. 횡단보도를 건너고 얕은 오르막길을 올라 학교 입구에 들어서면 캠퍼스 한가운데에 커다란 느티나무 한 그루가 서 있었다. 느티나무를 둘러 건물들이 다닥다닥 붙어 있었고 맞은편에는 나무판자를 덧대어 만든 벤치들이 놓여 있었다.

전교 일등으로 등교한 것 같은 뿌듯한 기분을 만끽하며 나는 자판기 커피를 뽑았다. 두 다리를 끌어안고 벤치에 앉아서 홀짝홀짝 커피를 마셨다. 캠퍼스를 둘러보았다. 시야에 모두 들어올 정도로 작지만 예뻤다. 직선으로 뻗은 철골 구조물, 깨끗한 회색 건물 벽, 그 위를 타고 오르는 담쟁이들, 소담한 화단, 둘 셋으로 나뉘는 여러 갈래 보도블록 길, 반짝이는 것들마다 반사되어 눈부신 아침 햇살. 아직 잠이 덜 깬 것 같은 말간 캠퍼스의 얼굴이 좋았다. 한 모금씩만 커피를 아껴 마시며 캠퍼스로 걸어오는 사람들을 구경했다.

가장 먼저 나온 사람은 경비 아저씨들이었다. 아저씨들은 대빗자루를 들고 나와 바닥을 쓸었다. 누군가 버린 쓰레기를 줍고 담배꽁초와 낙엽 따위를 자루에 쓸어 담았다. 이어서 환경미화 아주머니들이 나왔다. 쓰레기통을 비우고 벤치 위를 닦았다. 정수기 물컵을 갈고, 바닥을 닦고, 화장실 청소를 시작했다.

밤새 지하 열람실에서 공부한 학생들이 하품을 하며 걸어 나왔다. 피곤한 얼굴들은 커피를 마시며 조용히 대화를 나누다가 기지개를 켜고 다시 열람실로 내려갔다. 과방에서 밤새워 마신 학생들도 학관에서 나왔다. 앳된 얼굴들이 아직도 취해 있었다. 몇몇은 벤치 위에 벌렁 눕고 몇몇은 어기적어기적 학교를 빠져나갔다.

손목시계를 들여다봤다. 8시 20분. 나는 자리를 털고 일어났다. 캠퍼스를 걸어가며 아저씨 아주머니들과 인사를 나눴다.

"안녕하세요."

"응. 방송하러 가?"

"네. 듣고 싶은 노래 있으세요?"

"난 예스터데이가 좋던데."

"그 노래 틀어드릴게요."

"고마워. 고생해."

캠퍼스 끄트머리에 위치한 건물로 들어섰다. 막 문을 연 복사점 아저씨 부부와 인사를 나누고 코너를 돌아 '방송국'이라는 팻말이 걸린 작은 방으로 들어갔다. 열악한 녹음 부스와 냉장고처럼 커다란 음향기계, 낡은 콘솔이 전부였지만 소중한 우리의 방송국이었다.

나는 교내 방송국 피디였다. 방송국은 아침 점심 저녁 하루에 세 번 오디오 방송을 했다. 8시 30분부터 9시까지는 아침방송 시간. 매일 아침마다 부원들이 번갈아가며 아침방송을 진행했다. 아침방송은 가장 쉬운 방송이었다. 녹음해둔 아나운서 오프닝 멘트와 선곡한 음악들을 이어서 재생하는 것이 전부였다. 그때는 온라인 음원을 틀 수 있는 스마트한 시대가 아니었기 때문에 방송국 벽면에 가득 차

있는 CD들 중에 골라서 재생했다.

전날 미리 골라둔 CD 네댓 장을 데스크에 올려두고 방송을 시작했다. 플라스틱 케이스를 열면 머리가 풍성한 외국인들이 기타를 메거나 선글라스를 쓰고 웃고 있었다. 대부분 올드팝이었다. 비틀스, 아바, 스티비 원더, 퀸, 사이먼 앤 가펑클 같은 옛날 팝가수들의 노래. 선곡이 올드한 이유는 따로 있었다.

사실 아침방송을 듣는 학생은 거의 없었다. 1교시 수업이 시작될 즈음에야 캠퍼스는 학생들로 붐볐지만, 지각을 피하거나 서둘러 수업에 들어가느라 아침방송에 관심을 두는 사람은 없었다. 그러다 보니 우리의 주 청취자는 경비 아저씨와 환경미화 아주머니, 복사점 아저씨 부부였다. 시끌벅적해질 캠퍼스를 위해 일찍이 학교를 깨우는 사람들을 위한 특별방송이랄까.

나는 경비 아저씨가 듣고 싶다고 했던 예스터데이를 가장 먼저 재생했다. 아저씨의 예스터데이는 비틀스의 〈Yesterday〉가 아니었다. 카펜터스의 〈Yesterday Once More〉였다. 내 아침방송에서는 카펜터스가 가장 인기 많았다. Yesterday Once More, Close To You, Top Of The World. 아저씨 아주머니들이 좋아하는 노래들이었다.

캠퍼스의 아침.

스피커 너머로 카펜터스의 〈Yesterday Once More〉가 울려 퍼졌다. 가만히 눈을 감았다. 캠퍼스 곳곳의 모습들이 멜로디를 따라 펼쳐졌다. 바닥을 쓸고 있을 경비 아저씨는 빙그레 미소 지을 것이다. 환경미화 아주머니의 손길은 샬랄라라 가벼울 것이고, 복사점 아저씨 부부의 복사기는 워우워오 돌아가기 시작할 것이다.

나는 아침방송이 좋았다. 작은 캠퍼스에 울려 퍼지는 방송, 청취자가 열 손가락에 꼽아도 좋았다. 딱히 몰라줘도 서운하지 않은 일이었다. 경비 아저씨가 그랬고, 환경미화 아주머니가 그랬고, 복사점 아저씨 부부가 그랬듯이. 2년 동안 아침방송을 했다. 내 방송이 아니어도 일찍 학교에 나와 아침방송을 듣곤 했다. 벤치에 앉아서 노래가 울려 퍼지는 캠퍼스의 사계절을 지켜봤다. 아무도 몰라줘도 서운하지 않은 날들이었다. 낡은 스피커 너머로 흘러나오던 노래들은 그때의 계절과 공기와 기억을 고스란히 간직한 채 다시 나를 찾아온다.

지금도 카펜터스의 노래 〈Yesterday Once More〉를 들으면 웃으며 인사를 건네던 경비 아저씨가 떠오른다. 아침 공기가 두 뺨을 쓰다듬고 자판기 커피 냄새가 코끝을 맴돈다. 모두가 부지런했던 그날의 아침을 떠올리며 샬랄라라 그리고 워우워오 행복해진다. 좋은 아침이었다.

난 어렸을 때,

라디오에 내가 좋아하는 노래가 나오길 기다렸어요.

노래가 나오면 따라 부르면서 미소 지었지요.

정말 행복한 시간들이었어요.

- 카펜터스 〈Yesterday Once More〉

어떤 노래들은 그때의 계절과 공기와 기억을
고스란히 간직한 채 다시 나를 찾아온다.

◇
○

네 상처 감싸주지 못해서 미안해

열 살 무렵 자주 같이 다니던 친구가 있었다. 같은 반도 아니고 노는 무리도 아니었지만 매일 등굣길을 함께한 친구였다. 우리는 같은 아파트에 살았다. 우리 집은 101동, 그 애 집은 103동. 아침에 일어나 씻고 옷 입고 밥 먹고 가방 메고 나오는 시간이 비슷했던 모양인지 우리는 학교 가는 길에 자주 마주쳤다.

어린이 걸음으로 삼십 분 정도 걸렸던 등굣길. 철길을 건너고 오솔길을 가로질러 놀이터를 지나고 대로변을 따라 걷다가 횡단보도를 건너는 매일 아침의 여정. 같은 길을 걷다 보니 얼굴이 익었고 그 애가 먼저 인사를 했다. 그 후로 우리는 같이 학교에 갔다.

새 학기가 되면 항상 반에 똑같은 이름이 있어서 곤란하다는 그 애 말처럼. 그 애 이름은 아주 흔했다. 그렇게나 흔한 이름인데도 내가 그 이름을 선명히 기억하는 건, 내 기억 속에 유일한 이름이기 때문이다.

그 애는 나보다 머리통 하나는 더 컸다. 곰돌이처럼 커다란 덩치에 까맣게 탄 빵빵한 얼굴로 방실방실 웃고 다녔다. 아침마다 달려와 내게 인사를 건넬 때면, 새빨간 두 볼이 호빵맨처럼 부풀어 있었다. "안녕!" 그 커다란 몸에서 나온다고는 도저히 상상할 수 없는 맑고 상냥한 하이톤의 목소리. 함께 걸어가는 동안 그 애는 작은 새처럼 쉴 새 없이 종알거렸다.

우리는 아침마다 약속을 정하고 만나는 사이는 아니었다. 그저 우연히, 자주 마주쳐서 같이 걸어갈 뿐이었다. 먼저 나온 사람이 앞서 걷고 있으면 늦게 나온 사람이 다다다 뛰어와서 안녕, 인사하는 식이었다. 교실 앞에서 헤어지면 다음 날 아침 학교 가는 길에 다시 만나고. 그런 자연스러운 사이라서 그 애가 사라졌을 때도 나는 금방 눈치채지 못했다.

집으로 돌아오던 길에 그 애는 교통사고를 당했다. 다리를 심하게 다쳤고 그해 학교를 다니지 못했다. 그 애가 병원에 누워 지내는 동안 나는 다른 등굣길 친구들이 생겼다. 그 애와 그랬던 것처럼, 우연히 마주친 친구들과 시시껄렁한 얘기들을 주고받으며 학교에 갔다.

자연스러운 사이라는 게 친한 것도 친하지 않은 것도 아닌 애매한 사이라서. 우리는 반도 달랐고 같이 놀던 친구도 아니라서. 나는 그 애 소식을 들었어도 병문안조차 갈 생각을 하지 못했다. 그 애의 빈자리도 그땐 아무렇지 않았다. 어려서 몰랐던 걸까. 어려서 잔인했던 걸까. 나는 아직도 그때 나의 무심함이 잘 이해되지 않는다. 도무지 만져지지 않는 다른 사람 같아서 무섭기도 하다.

다시 그 애를 만난 건, 새 학년이 시작되고 나서였다. 나는 4학년이 되었고 그 애는 다시 3학년이 되었다. 어느 아침, 학교 가는 길에서 그 애를 봤다. 앞서 걷고 있던 그 애는 한쪽 다리를 절고 있었다. 우리가 그랬던 대로라면 나는 다다다 뛰어가서 안녕, 하고 인사해야 했다. 하지만 그러지 못했다. 천천히 걷는 그 애의 등을 멀찍이서 따라 걷다가 다른 길로 돌아갔다. 그날뿐이었다. 그 애는 다시 등굣길에서 사라졌다. 부모님이 데려다주는 것이리라 짐작했다.

그 후로 몇 번, 학교에서 그 애를 마주쳤다. 쭈뼛 인사를 나누긴 했지만 어색해지고 데면데면해지다가 그냥 스쳐 지나가는 사이가 됐다. 그 애는 이제 좀처럼 웃지 않았다. 나는 무언가 말하고 싶었지만 끝내 말하지 못했다.

우리가 매일 아침 약속을 정하고 만났다면, 학교 가는 길에 팔짱을 끼고 걸었다면, 쉬는 시간마다 서로의 교실을 들락거렸다면, 집에 가는 길에도 함께 걸었다면. 그랬다면 우리는 친한 친구였을까. 나는 다시 돌아온 그 애 옆에서 같이 걸을 수 있었을까.
따지고 보면 우리는 친하지 않았다고, 그러니 아무 상관 없다고 생각했다. 하지만 가끔 꿈에서 그 애를 만났다. 절뚝이며 걸어가는 그 애 뒤를 오래 따라만 걷다가 나는 깨어났다. 전학을 가고 중학생이 되고 스무 살이 되어서도 종종 꿈속에서 그 애를 만났다.

스물 후반의 어느 날. 나는 고등학교 동창이라고 밝힌 낯선 이름에게 메시지를 받았다.
- 안녕? 잘 지냈어? 인사를 하는 것도 어색하고 염치없지만, 시간이 지나도 계속 생각이 나서. 하고 싶은 말은 많은데 선뜻 말하기가 어렵다. 수리야, 그때 네 상처 감싸주지 못해서 미안했어.

머릿속이 아득해졌다. 누구지? 누구였더라. 내 이름을 부르며 미안하다고 말하는 친구를 나는 기억해내지 못했다. 이내 먹먹해졌다. 나의 어떤 상처를 보았기에 십여 년이 지난 지금까지도 너는 미안한 마음을 안고 살고 있는 걸까. 우리에게 무슨 일이 일어났던 걸까. 우리가 어떤 시간을 같이 보냈던 걸까. 모니터에 반짝이는 낯선 이름을 보고 있는데 이상하게도 옛날 그 애를 바라보던 내 모습이 떠올랐다. 어쩌면 너도, 나와 같은 마음이었을지 모르겠구나.
내 마음이 어렸을 때. 너그럽지 못하고 서툴렀을 때. 그때, 타인의 어떤 상처는 너무나 크고 짙어서 가만히 들어주는 것조차 두려웠다. 그리 대단한 게 필요한 건 아니었는데. '안녕' 다정한 인사 하나로도 충분했는데. 나는 그러지 못했다. 선뜻 나서지 못하고 주저하다 놓쳐버린 마음은 긴긴 시간 내 안에 그늘로 남았다. 미안함과 죄책감으로, 뒤늦은 후회로, 그리하여 또 다른 상처로. 상처를 받았던 너도, 상처를 감싸주지 못해 또 다른 상처를 만든 나도, 모두가 상처투성이였다.

오랜 시간이 흘렀지만 어렵게 용기를 내준 친구가 고마웠다. 나는 답신을 보냈다.
- 괜찮아. 이제 그만 미안해해도 돼.

내가 누군가를 용서해도 될까. 마음이 아팠다. 나는 여전히 열 살로 남아 있는 그 애 이름을 가만히 불러봤다. 이제라도 너를 찾고 싶은데 너무도 많은 같은 이름 속에 숨어 사는 너를 찾을 방법이 없다.

안녕. 잘 지내니. 너는 어떻게 살고 있니.

사실 나는 두려웠어. 무서웠어.

네 상처 감싸주지 못해서 미안해.

그때로 돌아갈 수 있다면, 그 애와 같이 걸어가며 솔직히 말하고 싶다. 언젠가 너도 나를 용서해줄까. 나를 기억이나 할까. 아니면 전부 까맣게 잊고 잘 살고 있을까. 오랜 기억 속의 너는 아무 대답이 없다.

◇
○

네가 누구든, 얼마나 외롭든

"1년쯤 살다 오려구."
친구는 떠날 준비를 하고 있었다. 1년쯤 지나면 돌아올 것 같다고 했지만 말 그대로 추측이었다. 1년이 될지 2년이 될지. 언제 다시 돌아올지 모르는 목적 없는 여행이었다.
떠나는 친구에게 책 선물을 하고 싶었다. 외국에서 지내다 보면 한국어 책이 그리울 테니까. 배낭 속에 넣어도 두껍지 않고 가벼운 책, 천천히 읽을 수 있는 따뜻한 책을 선물하고 싶었다. 그래서 좋아하는 시집 한 권을 샀다. 사둔 책을 책장에 꽂아두었는데 우연이었을까. 바로 옆에 친구가 선물해줬던 책이 있었다.

스물네 살 때였을 것이다. 하루는 친구가 가방에서 읽고 있던 시집을 꺼내 내게 줬다. 동서양 시인들의 잠언시를 모은 시집《사랑하라 한번도 상처받지 않은 것처럼》이었다. 워낙 유명한 베스트셀러라서 제대로 읽지 않았던 것 같다. 남들 모두 읽는 책은 왠지 모르게 읽기 싫어지는 이상한 심보 때문이었는지 그 책이 데면데면했다. 집에 가져온 시집 앞날개에서 친구의 그림을 발견하고 잠시 웃었던 기억만 남아 있다.

당시에 친구는 공무원 시험 준비를 하고 있었다. 도시락을 챙겨 들고 도서관을 들락거리며 공부했다. 저녁에는 아르바이트로 생활비를 벌었다. 도서관에서 공부를 하다가 그린 그림 같았다. 엄마와 큰언니, 작은 언니와 형부, 그리고 내 친구. 문제집 위에 그린 가족 얼굴을 하나씩 잘라 시집 앞날개에 끼워두었다. 책을 펼치자 팝업북처럼 불쑥 가족들 얼굴이 튀어나와서 내 친구 참 귀엽다며 웃었다. 그 기억뿐. 나는 시집을 까맣게 잊고 지냈다.

친구는 공무원이 되지 못했다. 몇 년 더 공부하다가 그만두고 바리스타 일을 배워 작은 카페를 차렸다. 처음엔 꽤 잘 되는 듯했다. 좋아하는 노래를 들으며 커피를 마시다가 책도 읽고 단골손님들도 만나는, 그런 일본 영화 주인공 같은 카페 주인이 얼마나 낭만적인 일이

냐며 나는 부러워했다.

하지만 카페일은 상당히 고됐다. 돌아서면 쌓이는 일거리에 잠시 앉을 시간조차 없고 식사 시간이면 더욱 밀려드는 손님들로 종일 굶기 일쑤였다. 계절마다 달라지는 매출과 잦은 진상 손님 때문에도 마음고생이 심했다. 급기야 주변에 하나둘 프랜차이즈 카페들이 들어서기 시작했다. 결국 친구는 4년 만에 카페를 정리했다. 그동안 나빠진 몸과 마음을 회복하는 데만 꽤 오랜 시간이 걸렸다. 그렇게 서른이 지나갔다. 친구는 말했다.

"나만 머물러 있는 것 같아. 다들 뭔가 하나씩 이루면서 잘 살고 있는 것 같은데, 나만 제자리인 것 같아."

어떤 말도 위로가 되지 못했다. 나는 친구와 마주 앉아 다 식은 커피만 홀짝거렸다. 친구가 내려준 커피가 훨씬 맛있다고 생각하면서.

그 후로 1년쯤 지났을 때, 친구는 돌연 떠나겠다고 했다. 뭐가 있을지 뭘 할 수 있을지 모르겠지만 일단은 그냥 떠나보겠다고. 막연한 기대와 희망으로 반짝이는 눈빛이 아니었다. 차분하지만 단단한 눈빛으로 담담히 말했다. 나는 그런 친구가 좋았다. 떠나는 그 애의 등을 두드려주고 싶었다.

책장에서 친구의 시집을 발견한 날, 나는 처음으로 그 시집을 읽었다. 어김없이 책날개에서 튀어나온 친구의 가족들과 인사하고 천천히 책장을 넘겼다. 밑줄 그은 문장이 많았다. 스물네 살 외로운 내 친구가 도서관에 앉아서 하늘색 형광펜으로 밑줄을 긋고 있었다.
그때 친구가 공감했던 문장들이 이제 와 읽으니 참 먹먹하다. 어떤 문장들은 너무 유명해서 듣고 또 들었던 말들인데도 사무친다. 그때 너는 이런 마음으로 밑줄 긋고 있었구나. 친구의 과거를 더듬는 기분이었다. 마지막 페이지를 덮었다. 이것 또한 우연인지 마지막 페이지에서 친구가 밑줄 그은 시는 메리 올리버의 시. 내가 친구에게 선물하려고 샀던 시집의 작가였다.

떠나기 며칠 전, 나는 친구에게 손편지와 시집 두 권을 선물했다.《완벽한 날들》과《사랑하라 한번도 상처받지 않은 것처럼》. 친구가 밑줄 그었던 시집을 다시 돌려주었다. 친구는 반가워했다.
"이상하게도 얼마 전에 이 책 생각이 났어. 여기 내가 그림 그려둔 거 있지 않았어?"
"응. 귀엽다고 얼마나 웃었는지…. 그런데 네 얼굴만 왜 이렇게 심술궂게 그려놨어?"
"나 이렇게 생겼잖아."
"아냐. 너 얼마나 잘 웃는데. 예뻐."

차르르 책을 훑어보던 친구가 말했다.

“내가 밑줄도 그었구나. 읽을 때 불편하지 않았어? 난 아직도 고민되더라. 밑줄 그은 책을 선물로 줘도 될까 하고.”

“나는 더 좋았어. 밑줄 그은 부분들 지금 와서 읽어보니까 그때 네 마음이 어땠는지 알겠더라.”

그럼 다행이다. 대답하며 친구는 수줍게 웃었다.

“이 책, 왠지 지금 너한테 필요할 거 같았어.”

“고맙다. 다시 돌려줘서.”

친구는 조금 해진 책 표지를 가만히 매만졌다. 그때 네가 밑줄 그은 문장들이 지금의 너에겐 어떤 의미로 다가올까. 더 외롭고 더 불안했던 그때의 너는 이제 좀 홀가분해졌니. 괜찮아졌니. 웃고 있는 친구의 옆얼굴이 잔잔하다. 너무도 평화로운 지금 이 순간이 갑자기 뭉클해서 눈물이 조금 고였다. 외롭다 힘들다 그러는 사이에도 우리는 여기까지 흘러왔구나. 헤어지는 길에 친구를 오래 안아주었다. 잘 다녀와. 너도 잘 지내. 등을 토닥이는 서로의 손이 따뜻했다.

친구가 밑줄 그은 마지막 시는 메리 올리버의 〈기러기〉였다.

당신이 꼭 좋은 사람이 되어야만 하는 것은 아니다.

참회를 하며 무릎으로 기어 사막을 통과해야만 하는 것도 아니다.

다만 당신 육체 안에 있는 그 연약한 동물이 원하는 것을 할 수 있게 하라.

내게 당신의 상처에 대해 말하라.

그러면 나의 상처에 대해 말하리라.

그러는 사이에도 세상은 돌아간다.

그러는 사이에도 태양과 비는 풍경을 가로질러 지나간다.

풀밭과 우거진 나무들 위로

산과 강 위로.

당신이 누구든, 얼마나 외롭든

매 순간 세상은 당신을 초대하고 있다.

◇
○

지금, 이 순간 행복할 것

나를 바보라고 부르던 바보가 있었다. 중국 유학에서 만난 일본인 친구. 우리는 우연히 첫 수업 때 짝이 되었는데 첫 만남에서 기껏 나눈 대화가 '바보'라는 단어를 일본어와 한국어, 중국어로 어떻게 부르느냐였다.

초급반 교실에서 한동안 우리의 대화는 이런 식이었다. 그 애가 '바카'라고 부르면 나는 '바보'라고 불렀다. 그 애가 재빨리 '뻰딴' 하고 받아쳤고, 그럼 나는 마땅히 부를 바보 말이 없었다. 머뭇거리는 사이 그 애가 히죽 웃으면서 "정말 바보잖아!" 소리쳤다. 속이 부글부글. 근데 밉지가 않았다. 얼마 지나지 않아 3개 국어 바보는 그냥 내 별명이 되었다. 대신 녀석에겐 기가 막힌 별명이 생겼다.

따피씨에(大皮鞋).
중국어로 커다란 가죽신발이란 뜻이었다. 녀석은 항상 커다란 가죽 워커를 신고 다녔다. 제 발보다 훨씬 큰 신발을 신고서 느긋한 듯 어기적 걷는 특유의 걸음걸이까지 더해, 언제 어디서든 뚜벅뚜벅 발소리만으로 녀석이란 걸 알아챌 수 있었다.
따피씨에는 짓궂은 버전의 찰리 브라운을 닮았다. 키 작고 통통한 몸, 그리고 동글동글한 얼굴에는 여드름 자국이 주근깨처럼 박혀 있었다. 웃으면 작은 눈이 사라졌고 개구쟁이처럼 입꼬리가 히죽 올라갔다. 녀석은 제 머리통보다 훨씬 큰 야구 모자를 얹어 쓰고 다니거나, 머지않아 묶고 다녀야 할 정도로 긴 머리를 아무렇게나 헝클어뜨리고 다녔다. 결국 단발머리가 되었을 때, 나는 녀석의 머리를 가닥가닥 땋아주었다. 한동안 따피씨에는 땋은 머리 위에 커다란 야구 모자를 쓰고 둠칫둠칫 걸어 다녔다. 세상에. 너무 사랑스러운 친구였다.

따피씨에는 종종 수업을 빠지고 놀러 다녔다. 오히려 바보라 불리던 내가 더 열심히 공부했는데 거기엔 슬픈 사정이 있었다. 스물셋의 나. 수능을 망치고 점수에 맞춰 진학한 중국어과에서 중국어에 성조가 있다는 사실을 처음 알고서 절망했던, 어려운 중국어는 미뤄두고 동아리 활동에만 열중하다가 졸업을 앞두고서야 훌쩍 도피 유학 온,

어느 과에나 있을 법한 평범한 대학생이었다.

따피씨에도 별생각 없이 열심히 놀다가 교환학생으로 얼떨결에 유학 온 대학생이긴 했다. 다만 녀석은 중국에서도 열심히 놀았다. 특유의 베짱이 기질과 방랑벽으로 동네 시장이며 공원, 목욕탕, 볼링장, 양꼬치집을 뚜벅뚜벅 혼자서도 열심히 돌아다녔다. 한번은 왜 수업에 빠졌냐고 물었더니 아침밥 먹으러 갔다가 식당 아줌마랑 수다를 떨다가 깜빡했다고 했다. 정말이지 특이한 녀석이었다. 그렇게 한 학기가 지났을 때, 따피씨에는 중국어가 훌쩍 늘어 있었다. 말 한마디 제대로 못하는 건 내 쪽이었다. 수업은 빠져도 점심시간에는 반드시 나타나 와구와구 밥을 먹고 있는 따피씨에를 보며 생각했다. 이 녀석 바보가 아니라 천재일지도 몰라.

우리는 성격도 성향도 생활방식도 완전히 달랐다. 지금 생각해보면 우리가 어떻게 친하게 지낼 수 있었는지 신기하다. 나는 나와 다른 따피씨에가 좋았던 것 같다. 사람들을 즐겁고 편안하게 만드는 녀석의 장난스러운 행동이 좋았다. 내일 말고 오늘! 열심히 말고 재밌게! 하고 싶은 것만 할 것! 그런 식의 태평하고 뻔뻔한 태도가 부러웠다. 특히나 무심하게 툭툭 던지는데도 따뜻한 말투가 좋았다. 그게 몇 번은 정말 고마울 정도로 위로가 되었다.

하루는 독서실에서 나오다가 공 차고 있는 따피씨에를 마주쳤다.

"뭘 그렇게 열심히 공부하는 거야?"

"여기 있는 동안 HSK를 따야 해."

"왜?"

"돌아가면 취업해야 하니까."

"그 공부가 그렇게 재밌어?"

"음… 모르겠어."

녀석이 눈썹을 꿈틀거리며 말했다.

"정말 바보잖아! 하기 싫은 건 하지 마."

"하기 싫은 건 아니고… 하고 싶은 것도 아니고. 잘 모르겠어."

따피씨에는 바카, 바보, 뻔딴 콤보를 대차게 날렸다. 바보라 해도 어쩔 수 없었다. 그때 나는 하고 싶은 것도 하기 싫은 것도 없었다. 그냥 불안하고 잘 모르겠어서 남들만치 따라 하려고 노력했던 것 같다. 정말 바보 같아! 소리친 녀석이 뻥 하고 찬 공이 저 멀리 날아갔다.

다른 하루는 기숙사 복도에서 혼자 불쌍하게 울고 있다가 컵라면을 먹으러 온 따피씨에를 만났다. 왜 우냐는 물음에 연애 비슷한 게 힘들다고 했다. 서로 좋아한다고 생각한 남자애가 있었는데 알고 보니 외국인 여자 친구가 있었다고. 그래도 몰래 만나자고 너무 당당하게 말해서 나는 상처받았다고 했다.

“그 정도로 그 남자가 좋아?”

“잘 모르겠어. 근데 걔는 내가 너무 좋대.”

“너는? 네 마음은?”

“음… 모르겠어.”

녀석이 깊은 한숨을 내쉬며 나무젓가락을 갈랐다.

“정말 바보잖아. 하기 싫은 건 하지 마.”

“하기 싫은 건 아닌데….”

됐고. 라면이나 먹자. 나는 녀석을 따라 눈물 쓱쓱 닦고 컵라면을 나눠 먹었다. 나는 왜 이렇게 우유부단한 걸까. 어째서 내 마음조차 잘 모르겠지. 자책하다가 라면이 너무 맛있어서 깜빡 잊어버렸다.

따피씨에 말이 맞았다. 하기 싫은 건 하지 말아야 했다. 시간이 흐르고 나는 중국어도 잊어버렸다. 내가 중국어를 배우긴 했었나. 중국어 전공이라는 말이 부끄러울 정도로 정말 깨끗이 잊어버렸다. 중국 유학은 괜히 다녀온 셈이 됐다. 왜 그리 미련하게 공부했는지, 뭘 그리 멍청하게 연애했는지도 다 잊어버려서 그때를 떠올리면 후회만 남았다. 돈도 젊음도 시간도 너무 아까워서. 스물셋의 나를 통째로 잃어버린 것 같았다. '그때 나는 행복하지 않았지' 하고 그 시절을 송두리째 원망하기에 이르렀다.

따피씨에와도 흐지부지 헤어졌다. 내가 중국어를 잊어버린 탓이었다. 종종 메일을 주고받았지만 나눌 이야기가 사라졌다. 녀석의 메일을 번역기로 돌려 읽다가 결국엔 바보. 바보. 서로만 부르다 연락이 끊겼다. 내 탓이었다. 나중에 SNS에서 따피씨에를 찾으려다 깜짝 놀랐다. 나는 녀석의 풀네임조차 모르고 있었다. 그리고 조금 더 시간이 흘러서 깨닫게 되었다. 녀석은 나에게 무척 중요한 친구였단 걸.

그 시절 유독 선명한 순간들이 있다. 따피씨에와 교과서에 바보 그림을 그리며 키득거리던 수업 시간. 운동장 스탠드에 앉아 녀석의 머리카락을 땋아주던 오후. 구멍가게에서 1원짜리 아이스크림을 사 먹으며 걸어가던 언덕길. 중국인들이 가득한 허름한 식당에서 엄청나게 싸고 맛있는 밥을 먹었던 토요일. 이어폰을 나눠 들으며 서로의 언어로 번역해주던 노래들. 학교 앞 계단에 앉아 지나가는 구름을 멀뚱히 쳐다보던 여름 저녁. 꼬치를 산만큼 쌓으며 먹었던 양꼬치와 칭다오 맥주. 알딸딸하게 취해서 웃고 뛰어다니며 들이마시던 시원한 밤공기. 그런 순간들. 사실 내가 하고 싶은 건 그런 것들이었다. 소소하지만 즐겁고 기분 좋은 것들. 녀석이 나눠준 것들이었다. 행복했다.

무엇이 우리를 행복하게 할까. 나는 뚜벅뚜벅 걷던 따피씨에를 생각한다. 제 발에 맞지 않는 신발을 신고선 정작 제 맘에 맞지 않는 일은 별로라며 피해 다니던, 뭐든지 제멋대로였던 이상한 친구. 그래서 녀석은 매일매일 행복했던 것 같다. 따피씨에가 그랬다. 하기 싫은 건 하지 말라고. 행복은 견뎌야 얻을 수 있는 게 아니었다. 행복은 오늘 이 순간에만 반짝이는 조각 같은 것. 일단 잡아야 했다. 즐겨야 했다. 기뻐해야 했다. 아주 마음껏.

발에 맞지 않는 구두를 신고 나갔다가 달그락거리는 발소리에 신경을 곤두세워야 했던 날이 있었다. 사람들이 모두 나만 쳐다보는 것 같아서 내내 눈치를 살폈다. 조심조심 걷다가 따피씨에가 떠올랐다. 걘 이런 신발을 어떻게 신고 다녔는지 몰라. 정말 바보잖아. 피식 웃음이 새어 나왔다. 따피씨에는 어떻게 살고 있을까. 무사히 졸업은 했을까. 취업은, 결혼은 했을까. 여전히 커다란 가죽신발을 신고 다닐까. 어쨌든 녀석은 하고 싶은 일을 하며 행복하게 살고 있을 것 같다.

나도 행복하고 싶다고 생각했다. 고개를 들고 어깨를 펴고 아무도 신경 쓰지 않는 발걸음을 사뿐히 옮겼다. 그리고 건물 밖을 나섰을 때, 파란 하늘과 눈부신 햇살을 만났다. 뺨을 비비는 겨울바람이 반가웠다. 얼굴에 미소가 번졌다. 오늘, 즐겁고 싶다. 지금, 행복하고 싶다. 커다란 신발을 신고 뚜벅뚜벅 걸어 다니던 따피씨에처럼.

◇
○

인생이라는 책을 쓰는 일

다큐멘터리에서 숲지킴이로 일하는 스페인 남자를 본 적 있다. 그가 했던 말이 인상 깊었다.
"스페인에는 이런 말이 있어요. 죽기 전에 해야 할 세 가지 일이 있다고. 아이 한 명을 낳고, 책 한 권을 쓰고, 나무 한 그루를 심는 일. 그걸 해낸 인생은 잘 살았다고 하죠."
남자가 말한 세 가지 중에서 가장 어려운 일은 무엇일까? 아마도 책을 쓰는 일이 아닐까. 어떻게 시작해야 할지 몰라 막막하고, 또 어떻게 써야 할지 몰라 어렵게만 느껴지니까. 책을 쓴다는 건 너무나 멀고 대단한 일. 한때 나는 그렇게 생각했었다.

서른 살 여름, 나는 작가수업에 등록했다. 4년 차 방송작가가 작가수업을 찾아가다니. 나름의 이유는 있었다. 그간 방송작가로 일했어도 정작 내 글을 쓰진 못했다고. 이젠 내 이야기를 쓰고 책도 내보겠다는 간절한 꿈이 있었다. 밥벌이를 제쳐두고 뜬구름 같은 꿈을 잡겠다며 뛰쳐나온 터, 주위의 시선이 곱지만은 않았다. 나 역시 서른이란 나이가 늦었다고 생각했지만 더 주저하다간 꿈꿀 기회조차 놓칠 것만 같았다.

막연하고도 막막한 마음으로 작가수업에 간 첫날, 조금 놀랐다. 늦었다고 생각한 내가 막내였다. 그곳엔 생각보다 훨씬 다양한 사람들이 있었다. 직접 그림책을 만들어보겠다는 무명의 일러스트 작가, 손주들에게 읽어줄 동화책을 쓰고 싶은 교장선생님, 공모전에 도전해 정식 작가로 등단하고 싶다는 주부, 한국문화를 쉽게 전할 수 있는 이야기책을 만들고픈 문화연구가. 30대부터 60대까지 나이도 이력도 다양한 사람들이 모여 있었다.

수업은 일주일에 한 번 두 시간. 지각생이 많았다. 아르바이트를 미루고, 아이들을 맡기고, 회사를 퇴근하고, 지방에서 KTX를 타고 오느라 나보다도 나이 많은 어른들이 허리를 굽힌 채 살금살금 들어왔다. 불쾌하진 않았다. 모두 그럴 만한 사정 하나씩은 품고 있었고 그 산만한 분위기를 눌러버릴 만큼 학구열이 뜨거웠으니까.

뒤늦게야 하고 싶은 공부를 시작한 늦깎이 학우들. 우린 인생에서도 지각생이었다. 치열하게 사느라 잠시 미뤄둔 꿈을 이제라도 배워보고자 모인 지각생들. 가만히 교실을 둘러보고 있노라면, 어떻게든 수업에 들어와 공부하려는 그 간절함이 너무도 짠해 마음이 시큰해졌다.

수업은 거의 합평으로 이뤄졌다. 매시간 각자 써온 글을 나눠 읽고 의견을 나눴다. 내 글을 공개적으로 읽고 평가하는 건 무서울 정도로 긴장되는 일이었다. 그보다 일단 수업이 진행되려면 뭐라도 써야만 했다. 그러다 보니 글감을 찾고 짬짬이 글 쓰는 하루가 일상이 되었다.
그렇게 써온 글. 형식만 다를 뿐 대부분 자전적 이야기였다. 잘 쓰고 못 쓰고를 떠나 서툰 글에도 감정이 느껴졌다. 이상했다. 서로 살아온 이야기를 나누는 것뿐인데 뭉클해지는 건 왜일까. 마주 앉은 우리 생김새가 다 다르듯 세상엔 이다지도 다 다른 삶들이 있었다. 내 삶에도 글로 쓸 만한 특별한 이야기가 있었다.

"우리, 그동안 쓴 글을 모아서 문집을 만들어봅시다."
마지막 수업을 앞두고 우린 직접 책을 만들기로 했다. 각자의 시간을 조금씩 쪼개 역할을 나눴다. 서로 쓴 글을 교정해주고 무명의 일러스트 작가가 표지를 그리고 전직 편집자였던 주부가 편집을 맡았다. 그렇게 완성된 원고를 인쇄소에 넘기자 불과 2주 만에 책 한 권이 완성됐다.

종강일에 직접 만든 책을 나눠 가졌다. 생김새도 내용도 투박하고 서툴렀지만, 우리가 만든 책 속에는 서른 남짓 학우들의 인생 이야기가 담겨 있었다. 나는 조심스럽게 내 이름이 새겨진 페이지를 넘겨보았다. 뭐라 표현 못 할 감정이 울컥 밀려왔다. 내가 이전과는 많이 달라져 있다는 걸 깨달았다. 나는 내 삶에 너그럽고 내 꿈에 용기 있는 사람이 되어 있었다.

다시 스페인 남자의 말을 떠올려본다. 죽기 전에 내 책을 쓰는 일. 그건 곧 인생을 기록하는 일이 아닐까. 먹고살기 바쁘게만 살았기에 의미 없는 낱말처럼 흩어져버린 내 삶을, 의미 있는 이야기로 다시 기록하는 일. 늦게라도 시작하지 않았다면 나는 영영 몰랐을 것이다. 책을 쓰는 일은 절대 어렵지 않다는 걸.

몇 해가 지났다. 나의 늦깎이 학우들은 여전히 바쁜 하루를 살고 시간을 쪼개 글을 쓰고 있다. 누군가는 그림책을 만들고 누군가는 독립출판을 했고 누군가는 등단했다는 반가운 소식도 들린다. 그사이 나는 에세이 두 권을 썼다.

이젠 제법 작가라고 불리는 일이 잦다. 그러나 내가 뭔가 대단한 꿈을 이루었단 생각은 들지 않는다. 책을 쓰는 일은 나무를 심고 아이를 낳는 일처럼 평범한 누구나 할 수 있는 일이기에. 우리는 모두 자신만의 이야기를 품고 있는 잠재적인 작가이기에.
그러니 이 글을 읽고 있을 당신도 시작해봤으면 좋겠다. 늦었다고 생각한 꿈을 다시 꺼내고 당신의 이야기를 써 내려가 보길. 이름 모를 당신의 인생은 어떤 책일까. 그 첫 페이지가 궁금하다.

◇
○

그래도 괜찮아

오랜만에 후배들을 만났다. 갓 대학을 졸업한 그녀들의 얼굴에는 그늘이 드리워져 있었다. 이야기를 들어보니 나도 그맘때 겪었던 불안하고도 우울한 궂은 날들이 먹구름처럼 구물거리고 있었다. 한 후배가 말했다.

"언니, 요샌 정말로 자존감이 바닥이에요."

성실하고 올곧은 친구였다. 야무진 그녀는 애당초 하고 싶은 일도 확실해서 관련 회사에 인턴으로 들어갔다. 하지만 그곳에서 최악의 어른들을 만나고 '열정페이'를 경험해야 했다. 그렇게나 꿈꾸었던 일에 실망하고 회의감을 느꼈다. 다시 취준생 신분으로 돌아와 매일 다른 이력서와 자소서를 작성하며 현실의 벽에 부딪히고 있다는 그녀. 번번이 어긋나는 모든 일이 다 자신의 잘못 같고 능력 부족 같아서 마음이 무겁다고 했다.

또 다른 후배는 자유로운 성격에 의지가 강한 친구였다. 그녀는 하고 싶은 일을 하기 위해 아르바이트로 돈을 모으고 있었다. 아르바이트로 하던 일은 생각보다 자신에게 잘 맞았고 수입까지 괜찮았다고. 게다가 회사에서 정직원 제의를 건넸다고 했다. 하지만 그녀는 거절했다.
"언니, 꿈이냐 돈이냐. 결정하는데 솔직히 돈에 마음이 흔들렸어요. 힘들더라고요."
요즘 같은 시기에 수입과 복지가 안정된 자리를 마다한 것이 잘한 일일까. 꿈을 선택하긴 했지만 그럼에도 개운치 않은 얕은 후회가 밀려온다고 했다.

정말 어떻게 살아야 할까요.
물음표도 마침표도 아닌 흐린 말이 한숨처럼 흘러나왔다. 그리고 잠시 침묵이 찾아왔다. 한바탕 고민을 쏟아낸 그녀들은 각자 생각에 잠겨 말이 없었다. 그런 그녀들의 모습이 어딘가 익숙했다. 손홍규 작가의 글 속에서 보았던 것 같다.

"어느 날인가는 바지 주머니에 두 손을 찌른 채 눈 사이로 난 길을 묵묵히 걷는 흑인 청년을 보았다. 나는 그 청년의 상념이 부러웠다. 청년이란 생각에 잠기는 것만으로도 숭고해질 수 있는 존재다."

내 눈에도 그랬다. 불투명한 저 멀리를 바라보며 복잡한 상념에 빠진 그녀들은 숭고해 보였다. 내가 하고 싶은 일은 무엇일까. 어디로 어떻게 가야 할까. 나는 어떤 사람일까. 훗날 나는 어떤 사람이 되어 있을까. 아아. 나는 어떻게 살아야만 할까. 가만히 머무르지 않고 이리저리 부딪치며 끊임없이 생각하는 그녀들. 내 앞에 앉아 있는 그녀들은 갈피를 잡지 못하는 취업준비생이 아니었다. 진지하게 삶을 고민하는 숭고한 청년들이었다.

그녀들에게 어떤 말을 해줘야 할지 오래 생각했다. 나는 그랬다. 그녀들이 어떤 선택을 하든 존중해주고 싶었다. 어떤 이야기든 달게 들어주고 싶었다. 불안한 미래와 차가운 현실, 곪아버린 열등감과 위태로운 자존감을 간절히 껴안은 채 걸어가는 그녀들의 등을 토닥여주고 싶었다. 내가 그녀들이었을 때, 스물 중반의 나에게는, 세상은 원래 다 그렇다며 이래라저래라 늘어놓는 어른이 아니라 귀 기울여 들어주고 격려해줄 어른이 필요했으니까.

"괜찮아. 그래도 괜찮아."
아무래도 대책 없고 뻔한 말 같지만 내가 해줄 수 있는 말은 그뿐이었다. 하루에도 몇 번씩 무너지고 뒤엉키는 그녀들의 마음속엔 이미 어떤 답이 정해져 있을지도 모른다. 그런데도 "어떡하죠? 괜찮을까요?" 묻는 그녀들의 불안한 물음에는 공감의 말이 필요한 게 아닐까.

그래도 괜찮아. 남들과 다른 길을 가도 괜찮아. 부모님이 반대해도 괜찮아. 돈을 좀 못 벌어도 괜찮아. 언제든지 그만둬도 괜찮아. 이 길이 아니라면 방향을 틀어도 괜찮아. 그러니까 네가 하고 싶은 일을 계속 해도 괜찮아. 가만히 고개를 끄덕여주고 싶었다.

긴 대화의 끝. 우리는 무엇 하나 후련하게 해결되지 않은 고민들을 다시 각자의 외투처럼 껴입고 헤어졌다. 그래도 좀 홀가분해졌는지 미소를 되찾은 그녀들이 명랑하게 웃으며 걸어간다. 그저 보고만 있어도 뒷모습마저 반짝인다. 아. 이렇게 뒤늦게 떠오르면 어쩐담. 루쉰의 글. 젊은 날 나에게는 마음속에 간직한 글귀 하나가 있었다.
"희망이란 본래 있다고도 없다고도 할 수 없는 거였다. 이는 마치 땅 위의 길과 같은 것이다. 본래 땅 위엔 길이 없다. 다니는 사람이 많다 보니 길이 된 것이다."

그때 나는 길을 찾는 것이 내가 해야 할 일이라고 생각했다. 그런데 지금은 아니다. 그냥 걸어가는 것이 내가 할 일, 내가 하는 일이라는 생각이 든다.
우리는 저마다 자기 앞에 펼쳐진 땅을 걷는 사람들. 출발지도 도착지도 없는 그냥 내 발 아래 땅을 걸어갈 뿐이다. 다니는 사람이 많아서 길이 된 바닥을 걸을 때도 있고, 아무도 가지 않아 무성한 수풀을 헤치며 걸을 때도 있을 것이다. 첫 발자국을 남기는 순간이 두려울 때도, 다른 발자국을 발견해서 반가울 때도, 너무 많은 발자국이 지겨울 때도 있을 것이다.

어느 길이든 때마다 내가 선택한 방향으로 나의 속도로 걷는다. 걷다가 걷다가 뒤를 돌아보았을 때, 길게 이어진 나의 발자국이 나의 길이 되어 있는 것을 발견한다면 그때야 알게 되겠지. 우리의 지난 시간이 헛되지 않았음을. 나는 그녀들에게 마음을 보냈다. 그렇게 계속 걸어가. 괜찮아. 그래도 괜찮아.

계속 해, 우린 아티스트야

좋아하는 뮤지션 중에 프랭키 코스모스라는 싱어송라이터가 있다. 스물세 살 그녀는 열 살 때 처음 기타를 접했고 열한 살 때 노래를 만들었다. 이듬해부터 악기들을 하나씩 익혔고, 열네 살 때부터 지금까지 9년 동안 데모 앨범을 51개나 만들었다. 지금은 대학에서 시를 공부하며 소속 레이블 없이 독립적으로 음악 활동을 이어가고 있다. 나는 그녀의 음악도 좋아하지만, 지치지 않고 자신의 것을 꾸준히 만들어가는 그녀의 태도를 좋아한다.

프랭키 코스모스는 한 인터뷰에서 "각각의 노래와 앨범은 모두 중요하지만, 그것들을 모으면 내 인생이 됩니다(The individual songs and albums are all important to me, but together that is a huge chunk of my life)." 하고 말한 적이 있다. 경험하고 느낀 것을 곡으로 만드는 일이 결국 삶의 기록이 되었다는 의미다.

- 〈인디포스트〉 기사에서 발췌

경험하고 느낀 것을 '글로 쓰는 일'이 결국 삶의 기록이 되었다, 라고 바꿔 말해도 이상할 것 없다. 뛰어나지 않아도 유명하지 않아도, 꾸준히 만든 것들을 모으면 나의 인생이 된다.

스물다섯이었나. 새벽에 글을 쓰다가 음악 하던 친구와 메시지를 나눈 적이 있었다.

"내가 밤새워 글을 쓴다고 해도 아무도 알아주지 않아. 그냥 나만 좋아서 하는 일 같아."

친구가 말했다.

"계속해, 우린 아티스트야. 내가 알고 네가 알아."

아티스트란 말이 그처럼 가깝게 느껴진 건 처음이었다. 젊은 우리 좀 멋지게 살고 있는 것 같았다. 그 밤, 우리는 주인공처럼 웃었다.

불 꺼진 세상에서 반짝. 혼자만의 고요한 시간에 무언가 만드는 아티스트들이 나는 좋다. 응원하고 싶다. 아무도 알아주지 않더라도. 그날 친구의 말처럼 "계속해" 하고.

우리는 이렇게
사랑하고야 만다

◇
○

무지렁이 시인의 말들

"나는 산골짝서 농사나 지으며 살던 무지랭이라 세상을 잘 몰라." 평생 농부로 살아온 어르신을 취재하다가 이런 얘기를 들었다. 작가 선생이야말로 책도 많이 읽고 글도 쓰니까 나보다 잘 알 거 아닌가. 나까짓 게 나서서 얘기한다고 누가 좋아할까. 어르신은 허허 웃으며 자기 이야기 꺼내기를 주저하셨다. 해지기 전에 해야 할 일이 산더미라며 다시 밭에 나가봐야 하신다기에 서둘러 통화를 마쳤다. 나는 어르신 살아온 이야기 듣는 게 좋은데…. 아쉬운 마음을 달래다가 좀 전에 들었던 '무지랭이'라는 말이 떠올랐다. 사투리인가? 사전을 찾아봤다. 표준말로 '무지렁이'. 아무것도 모르는 어리석은 사람을 뜻하는 순우리말이었다.

어르신 말씀대로라면, 많이 배우지 못하고 평생 농사를 짓거나 고기를 잡거나 물질을 하거나 장사를 하거나 소금밭을 일구며 '무지렁이'로 살아온 사람들을 나는 많이 만났다. 일상적인 언어와 구성진 사투리, 제멋대로 말투와 무덤덤한 목소리로 전해지는 그들의 이야기를 넋 놓고 듣다가는 깨달았다. 나는 무지렁이의 삶에 감동한다는 것을. 어째서 그런 삶에 내 마음이 움직이는 걸까. 우연히 읽은 시에서 그 이유를 짐작했다.

눈이 내린다
내가 할 수 있는 것이 없다
춤추며 내리는 눈송이에
서투른 창이라도 겨눌 것인가
아니면 어린 나무를 감싸 안고
내가 눈을 맞을 것인가

저녁 정원을
막대를 들고 다닌다
도우려고.
그저

막대로 두드려주거나
가지 끝을 당겨준다.
사과나무가 휘어졌다가 돌아와 설 때는
온몸에 눈을 맞는다

얼마나 당당한가 어린 나무들은
바람 아니면
어디에도 굽힌 적이 없다 –
바람과의 어울림도
짜릿한 놀이일 뿐이다
열매를 맺어본 나무들은
한 아름 눈을 안고 있다
안고 있다는 생각도 없이.

– 울라브 하우게 〈어린 나무의 눈을 털어주다〉

'눈이 내린다 내가 할 수 있는 것이 없다' 말하는 시인. 그저 도우려고, 작은 나뭇가지와 눈송이 하나조차도 다치지 않길 바라는 마음으로 어린 나무의 눈을 털어준다. 나는 이 시에서 그 어떤 복잡한 문장도 의미도 발견할 수 없었다. 그저 오래 바라보고 돌봐온 것들에 대한 깊은 애정을 느낄 뿐이었다.

울라브 하우게는 노르웨이 작은 마을에서 태어나 평생 그곳에서 정원사로 일했다. 독학으로 글을 익혀 시를 읽고 썼다. 일터였던 차갑고 조용한 숲에서 한 손에 도끼를 든 채 시를 썼다. 그는 무지렁이 시인이었다.
나는 감동했다. 오랫동안 돌봐온 생명을 바라보는 시인의 눈은 사려 깊었고, 어찌할 수 없는 세계를 이해하는 마음은 지혜로웠다. 평생 자연 속에서 나무를 돌보며 살아온 삶이 이런 시를 쓰게 했다. 울라브 하우게의 시를 읽으며 자신을 '무지렁이'라고 말하며 제 삶을 부끄러워하던 사람들이 떠올랐다. 언어에 능통하고 많이 배워야만 현명한 사람일까. 그런 사람들의 삶이라야 위대한 것일까. 그렇지만은 않을 것이다.

나는 울라브 하우게와 같은 시인들을 많이 만났다. 비록 시는 쓰지 않지만 내뱉는 말마다 시가 되는 사람들. 평생 노동하며 성실하게 살아온 사람들에게는 삶 속에서 체화된 그들만의 언어가 있다. 쉽고 정직하고 진솔한 말들. 그 말들이 무심하게 모여든 이야기는 얼마나 아름다운지. 하루하루 노동으로 일군 삶이란 얼마나 위대한 것인지. 나는 느꼈고, 그래서 그들의 이야기를 들을 때마다 넋 놓고 감동했던 것이었다.

노르웨이가 아닌 섬진강변에서 울라브 하우게와 같은 시인 한 분을 만난 적이 있다. 몇 해 전, 취재차 찾은 전남 곡성에서 최태석 씨를 만났다. 그는 초등학교만 졸업하고 평생 농사를 지어왔다. 어린 시절 서당 훈장이었던 할아버지께 한문을 배웠지만 오랫동안 잊고 살다가 환갑이 넘어서야 한시를 쓰기 시작했다.

牛-소, 너를 길러온 지 몇 해이던고

養牛由來歲月深
石田耕牛深時間
牆耒不知何歲月
歲月流去銹故障
너를 길러온 지 몇 해이던고
돌투성이 밭 갈 때가 언제이던가
담벼락에 세워둔 쟁기는 언제 쓰려는가
세월이 가는 동안 녹이 슬고 말았네

餘力無用草喰牛

耕耘畦畝爲耪作

田耕無牛審見我

生草今來積載函

풀만 먹고 자란 소 힘이 남아돌건만

쟁기질은 경운기가 도맡아 하네

할 일 없는 소 나만 쳐다보니

적재함에 있는 풀 언제 주려는가

오래 길러온 늙은 소를 바라보며 쓴 시. 평생 농사짓고 소를 키우며 살아온 삶이 이런 시를 쓰게 했다. 나는 시인에게 친필 사인을 받았다. 거기에는 '朝起之好事來'라고 적혀 있었다.

"고 작가님, 아침에 일찍 일어나면 좋은 일이 옵니다."

허허 웃으며 말하는 무지렁이 시인에게 나는 또 한 번 배웠다.

요즘 나는 무지렁이처럼 살고 있다. 온종일 몸을 움직여 생명을 돌보는 노동을 하고 있다. 책상에 앉아 글을 쓰던 예전과는 달리, 아침 일찍 일어나 밥을 짓고 청소를 하고 아이들을 돌본다. 하루가 금방 간다. 밤이 되면 너무 피곤해서 곯아떨어지고 만다. 자고 일어나면 다시 아침. 매일 똑같은 하루를 사는 것 같다.

어떤 때는 나 자신이 아주 하찮은 존재처럼 여겨진다. 내가 얼마나 평범하고 어리석은 존재인지 깨닫는다. 그러나 하루의 어떤 순간. 아주 사소한 것에서 나는 이루 말할 수 없는 행복을 느낀다. 오늘은 고무나무 화분에서 막 돋아난 연둣빛 잎을 발견했다.

"얘들아, 봄이 왔나 봐."

아이들이 이파리를 만져볼 수 있도록 가까이 데려갔다. 이파리를 만지는 작은 손들. 어린 이파리를 만지는 아이들의 손바닥을 만져봤다. 따뜻하고 보드라운 생명이 느껴졌다. 그 순간이 너무 행복해서 잠시만 시간이 멈추기를 바랐다. 생각했다. 이야기는 목소리 같다고. 이야기는 멀리서 오는 것이 아니라 내 안에 속삭이고 있었다. 글 쓰는 내가 이런 삶을 살고 있음에 감사했다.

◇
○

혼자 사는 엄마의 냉장고

정신없이 바쁜 나날들을 보낸 어느 날, 자고 일어났는데 감기 기운이 돌았다. 이런 날에는 혼자 밥 먹기도 싫고 혼자 아프기도 싫고 혼자 집에 있기도 싫고. 엄마가 보고 싶었다. 무작정 버스에 올라탔다. 서울에서 동해까지. 버스를 달려 네 시간이면 엄마 집에 도착할 것이다. 차창에 기대 눈을 감으니 푸른 바다와 엄마 집, 따끈한 집밥과 엄마 냄새가 못 견디게 그리웠다. 전화를 걸었다.

"엄마, 나 지금 내려가."

"지금? 갑자기?"

"왜? 가면 안 돼?"

"그게 아니라 엄마 오늘 모임이 있는데… 잠깐 얼굴만 비추고 와야겠다. 목소리는 왜 그래?"

"나 아파. 열나는 거 같아."

"약은?"

"당연히 안 먹었지."

"다 큰 게 자알 한다. 터미널 도착하면 전화해."

아프다면서 배시시. 어리광 가득한 전화를 끊고 잠이 들었다. 얼마나 달렸을까. 잠시 눈을 떴을 때 몸이 으슬으슬했다. 약을 먹지 않은 탓이었다. 자는 동안 버스 에어컨 바람까지 흠뻑 맞아 감기 기운이 심상치 않았다. 터미널에 도착할 즈음에는 온몸이 오들오들 떨렸다.

"엄마, 나 터미널 도착했어."

"미안, 못 데리러 갈 거 같네. 택시 타고 집에 가 있어. 분위기 보고 금방 갈게."

뚝. 엄마의 목소리가 시끄러운 소리에 뒤섞여 끊겨버렸다. 평소였다면 터미널까지 마중 나와 "딸! 왔어?" 호들갑 떨며 맞아주었을 엄마. 사실 좀 서운했다. 나는 엄마가 보고 싶어서 집에 왔을 뿐인데, 갑자기 찾아와도 엄마는 두 팔 벌려 반겨줄 줄만 알았는데. 불쑥 찾아온 불편한 손님이 된 것 같은 기분이 개운치 않았다. 날이 어두워지고 있었다. 그날따라 택시는 잡히지 않았고 한두 방울 비까지 떨어졌다. 나는 몸도 마음도 젖은 빨래처럼 추욱 지쳐버렸다.

도착한 엄마 집. 현관문을 열었지만 아무도 없었다. 엄마가 없는 집은 깜깜하고 낯설었다. 현관 앞에 주저앉자 피로와 허기가 몰려왔다. 나는 냉장고를 찾았다.

우리 엄마 집은 좀 별났다. 홈스쿨 학원을 운영하는 엄마 집은 거실과 안방이 모두 아이들 책상과 책으로 빽빽했다. 꽁꽁 닫혀 있는 작은 방 하나가 유일한 엄마의 방. 그곳에는 옷장도 있고 텔레비전도 있고 밥솥도 전자레인지도 있고, 그리고 무식하게 큰 냉장고도 숨어 있었다.

방문을 열자 로봇처럼 우람한 은색 냉장고가 위이잉 돌아가고 있었다. 엄마는 어느 날 김치냉장고 기능이 있는 엄청 큰 냉장고를 샀다. 엄마, 너무 안 커? 비싸지 않아? 물어도 엄마는 김치냉장고 하나는 꼭 있어야 한다며 몇 개월 할부로 좁은 방에 그걸 꾸역꾸역 사들였다. 냉장고 때문에 가뜩이나 작은 엄마의 방은 더 좁아졌다. 겨우 다리 뻗고 누울 자리가 전부였다.

냉장고 문을 열었다. 찬바람이 뺨을 비볐다. 뭐 맛있는 거 없나 안을 들여다보았다. 그러다 우두커니. 한참을 서 있었다. 찬바람이 띵하고 머리통을 후려치는 기분. 혼자 사는 엄마의 냉장고에는 먹을 게 없었다.
먹다 만 식은 밥이 노랗게 굳어 있었다. 반찬이라곤 순 장아찌와 깻잎, 김치밖에. 그 흔한 두부 하나 달걀 하나가 없었다. 채소라는 것들도 죄다 시들어 먹지 못할 지경이었다. 냉동실도 마찬가지. 오래된 식재료들이 돌덩이처럼 얼어 있었다. 이건 자취 시절 내 냉장고보다 더 심했다.
혹시나 하는 마음으로 아래 칸 김치냉장고를 열어보았다. 빈틈도 없이 꽉꽉 들어차 있는 김치통. 얼마 전 김장김치를 보내겠다던 엄마 목소리가 떠올랐다. 아. 엄마 진짜… 너무 속상해서 화가 났다. 나는 냉장고 문을 쾅 닫아버렸다. 최신식 냉장고는 닫히는 소리조차 조용했다. 얄밉다, 정말.

내가 엄마 사는 모습을, 엄마 마음을 너무 몰랐다. 늘 엄마가 보내주는 맛있는 반찬들이 당연히 엄마의 밥상에도 올라갈 줄 알았다. 늘 엄마가 터미널에 마중 나오는 것이 당연히 엄마가 해야 할 일인 줄 알았다. 늘 엄마는 그 자리에서 나를 기다려주는 사람이라고 그렇게 안심했다. 엄마도 혼자 밥 먹고 혼자 아프고 혼자 산다는 것을 나는 생각조차 하지 못했다. 늘 받기만 하느라고.

가만히 방바닥에 쪼그려 누웠다. 어두운 방에 위이잉 돌아가는 냉장고 소리. 차가운 바닥이 느껴지자 이상하게 눈시울이 달아올랐다. 너무 배가 고파서인지, 열이 올라 아파서인지, 엄마가 보고 싶어서였는지 모르겠다. 쪼르르 눈물이 흘러내렸다.

어룽어룽. 휴대폰 불빛이 반짝거린다.

"엄마."

"빠져나오느라 힘들었네. 배고프지? 먹을 것 좀 사 가. 엄마 거의 다 왔다."

서른 살 먹고 질금질금 눈물이나 짜는 나는, 불쑥 찾아온 손님이었다. 엄마에게는 언제나 반가운 손님. 엄마가 자는 바닥에 귀를 대고 눈을 감았다. 탁탁탁. 비닐봉다리를 흔들며 계단을 올라오는 엄마의 발소리가 들리는 것만 같다. 엄마. 엄마.

어서 와. 우리 따순 밥이나 같이 먹자.

◇
○

파리 이야기

파리 한 마리가 집에 들어왔다. 무언가 날아들기에 벌인가 싶어 소리를 지르며 손을 내저었다. 그러거나 말거나 식탁 모서리에 평온하게 착지해 토독 토독 걸어가는 파리. 도시의 아파트에선 오랜만에 보는 곤충이다. 파리 한 마리 때문에 이 요란을 떨다니 머쓱해졌다. 파리를 좋아하는 사람은 드물겠지만 나는 유난히 파리가 싫다. 어떤 기억 때문이다.

어릴 적 시골에 살았던 나는 기묘한 일을 경험했다. 어느 습한 여름. 한바탕 비라도 쏟아지려는지 하늘이 구물거리던 날이었다. 집 안에 파리 떼가 몰려들었다. 몰려들었다고 해야 하나 들이닥쳤다고 해야 하나. 언제 이렇게 날아들었지 싶은 파리 떼가 천장에 새까맣게 달라붙어 우글거렸다.

엄마는 담담했다. 의자 위에 올라서서 파리채로 천장을 때리기 시작했다. 후두둑 후두둑 소리를 내며 파리가 방바닥에 떨어졌다. 나는 버둥거리는 파리들을 쓰레받기에 쓸어 담았고 어린 동생은 그것들이 신기한지 만지려 들었다. 동생의 손을 탁탁 쳐대며 나는 열심히 파리를 쓸어 담았다.

엄마는 파리를 잡고 나와 동생은 파리를 쓸어 담고. 수차례 그랬는데도 파리는 줄어들지 않았다. 올려다본 새카만 천장은 구물구물 살아 움직이는 것 같았다. 주변엔 축사도 없고 공기 좋은 산골이었는데… 분명 섬뜩할 정도로 이상한 일이었다. 하지만 우리는 별일 아닌 것처럼 종일 파리를 잡았다.

지금 생각해보면 그랬던 우리가 더 이상했던 것 같다. 너무 어려서 이상함을 감지하지 못했던 걸까. 아무리 요란을 떨어도 어쩔 수 없다는 걸 일찍이 알아버린 걸까. 그 후로 파리 떼가 어떻게 되었더라 떠올려보면 선명한 기억이 없다. 그냥 며칠 뒤 아무 일 없었단 듯 화창해진 하늘처럼 우리 집 천장도 깨끗해졌다.

'불행'이란 말을 떠올릴 때마다 나는 그날을 생각한다. 어째서, 왜, 얼마나, 오랫동안, 묵묵히. 징그러운 그것들을 치워내야 나아질까. 혹시 우리 가족의 불행이 그때 들이닥친 게 아닐까 하고. 한동안 우리 가족의 불행도 그러했다. 언제인지 모르게 파리 떼처럼 들이닥쳐서 곁에 징그럽게 붙어 있었다.
도망갈 수도 떼어낼 수도 없는 그것을 그냥 아픈 몸처럼 껴안고 같이 살았던 것 같다. 그 후로 어떻게 되었더라 떠올려보면 어렴풋한 기억들뿐이다. 이제는 그때의 불행들을 우스갯소리로 꺼내 나눌 정도로 시간이 많이 흘렀다.

'불행'이란 말을 사전에서 찾아본 적 있다. 행복하지 아니하다는 뜻을 가진 '불행'의 반대말은, '행복'이 아닌 '다행'이다. 뜻밖에 일이 잘 되어 운이 좋다는 의미. 사전을 찾아보다가 위로받기는 처음이었다.
우리 삶은 뜻밖에 운이 좋은 날보다 행복하지 아니한 날들이 훨씬 많다. 자잘하게 불행하고, 지루하게 평범한 날들이 이어진다. 그래도 갑자기 파리 떼가 들이닥치거나 하지 않는 오늘이 얼마나 평온한 날인지. 이만하면 그리 나쁘지 않은 매일을 살고 있다는 생각이 든다.

파리가 집 안을 날아다닌다. 텔레비전 위에 소파 위에 옷가지 위에 착지했다가 걷고 멈칫하다가 다시 날고. 이번에는 어디에 내려앉을지 헤매는 것처럼 허공을 날아다닌다. 불안하고 하찮은 날갯짓이 가엽게 느껴졌다.

겨우 파리 한 마리가 불행했던 기억을 불러왔다. 아무래도 싫은 곤충이다. 하지만 이제 파리만 한 불행 하나쯤 내려앉는다 해도 나는 상관없을 것 같다. 그건 불행도 다행도 아닌 평범한 하루에 지나지 않을 테니. 그보다 조금 더 불행해진다 해도 견딜 수 있을 것 같다. 언젠가는 괜찮아질 걸 아니까. 다행이다 미소 지을 순간이 있을 테니까.

우습게도. 징글징글한 불행이 깨끗이 사라진 순간은 기억조차 나지 않는, 적당한 시간이 지나면 불행 또한 웃으며 추억할 수 있는 그런 삶을 우리는 살아가고 있다. 역시나 그랬던 걸까. 그날 파리나 잡자며 파리채를 들었던 엄마는 다 알고 있었던 걸까.

나는 창문을 열어 파리를 내보내줬다.

불행하다 여겨서 미안. 파리는 소리 없이 사라졌다.

광합성

엄마가 그랬다. 사람도 식물과 같아서 햇볕을 쬐고 맛있는 음식을 먹으면 잘 자란다고. 사람도 식물과 같아서 해가 길고 비가 많은 여름에 쑥쑥 자라고, 겨울에는 자주 콜록거리고 꽁꽁 여민다고.
"그러니까 사람에게는 밝고 따뜻한 빛이 중요해."

엄마, 그런데 그런 빛들은 내 곁에만 오면 사라져. 그 시절에 나는 유독 예민한 식물 같은 사람이었나 보다. 여린 바람에도 부러질 듯 흔들리고, 나만 돌봐줄 눈빛과 손길을 찾아 헤매며 그렇게나 울었다. 엄마는 그래도 괜찮다고 했다. 밝고 따뜻한 빛은 언제든 다시 찾아올 테니 너무 걱정하지 말라고.

그 시절을 지나온 지금. 나는 한낮 같은 시간에 머물면서도 자주 빛이 사라진 후를 생각한다. 짙은 밤과 긴긴 겨울, 외로운 시간과 시들어가는 마음 같은 것들. 어둠 속에 혼자 남겨진 나를.

한때는 견딜 수 없었던 시간들이 충만하게 느껴진다. 빛이 사라진 동안, 받았던 사랑을 더듬고 나누었던 마음을 느끼고, 나는 나를 채우며 빛을 기다린다. 해 뜨기 전이 가장 어둡고 봄이 오기 전이 가장 춥다는 것을. 결국 다시 빛이 찾아온다는 것을 안다.

저녁 무렵 산책을 나섰다가 밤을 만났다. 빛이 사라진 거리에서 밤공기를 들이마셨다. 광합성을 마친 식물처럼 조용히 숨을 골랐다. 나쁘지 않았다. 그 어떤 미소도 눈물도 없이 나는 고요했다.

한낮 같은 시간에
머물면서도
자주 빛이 사라진 후를 생각해.

◇
○

레일 위로 출근하는 아버지들

레일 하나.

지하철 기관사는 어떤 소리를 들으며 레일 위를 달릴까.

계양행 지하철을 타고 오래 출퇴근을 했었다. 계양으로 가는 인천선은 급행 지하철 개념이 없었다. 계양이 종점인 '계양행 지하철'과 계양역 두 정거장 전 박촌이 종점인 '박촌행 지하철'이 번갈아 운행되었다. 하지만 인천선은 레일이 하나뿐이라서 계양까지 가려면 영락없이 '계양행 지하철'을 타야만 했다. '박촌행 지하철'을 타봤자 박촌에서 내려 다음 지하철을 기다려야 하기 때문이다.

사정이 이렇다 보니 매일 출근길마다 계양행 지하철을 목을 빼고 기다렸다. 사실 딱 5분만 서둘러 준비하고 집을 나서면 시간표대로 무사히 지하철을 탈 수 있었다. 그런데 그 5분이 언제나 간당간당했다. 바로 코앞에서 계양행 지하철을 놓쳐버리고 동동거리며 다음 지하철을 기다린 날들이 많았다. 그럴 때마다 나는 괜히 부아가 나서 들어오는 지하철들을 노려보기도 했다. 그게 지하철 탓은 아니었고 기관사 탓은 더더욱 아니었으며 단지 늦게 나온 내 탓일 뿐인데도.

그러다 어느 날 한 가지 사실을 발견했다. 계양행 지하철을 운행하는 기관사는 항상 흰색 이어폰을 끼고 있다는 것. 뭘 듣는 걸까. 별거 아닌 게 너무 궁금해서 '지하철 기관사'에 대해 찾아봤다. 이어폰 속 소리의 정체는 알 수는 없었다. 대신 지하철 기관사의 정체를 알 수 있었다.

지하철 기관사.
기본 운행은 다섯 시간. 혼자 좁은 기관실에서 캄캄한 어둠을 달리는 지하철 기관사는 공황 장애나 우울증 같은 정신 질환을 앓는 일이 많다고 한다.

몇몇 기관사들의 인터뷰는 이러했다.

"저희의 직무는 대부분 열차 운행이기 때문에 열차를 운행하지 않는 순간에도 레일 위를 달리는 기분을 느끼곤 합니다."

"형광 불빛을 계속해서 보기 때문에 시력이 굉장히 나빠지고, 바람 소리를 계속 듣기 때문에 난청도 심해지고, 가끔 운행 중 생리적 현상 때문에 굉장히 힘듭니다. 용변을 보던 기관사가 선로에 떨어져 죽은 사건 이후, 운전실에 간이용 변기를 설치해 화학약품 응고제를 사용하여 생리적 현상을 해결하고 있습니다."

"칠흑 같은 어둠 속에서 근무하다 보면 스트레스가 쌓이는 건 당연합니다. 꽉 막힌 공간에 있다는 생각이 들면 어느 순간 기차에서 뛰어내리고 싶은 충동도 듭니다. 그럴 때면 가족들 사진을 본다거나 스마트폰 배경화면에 저장해둔 파란 하늘 화면을 보면서 승무 시간이 끝나길 기다리곤 합니다."

"매일 하는 지하철 운행인데도 근무하기 20분 전부터는 호흡이 가빠지고, 신경이 곤두섭니다. 보통 하루 두 번 승무(운행)하지만, 세 번 승무할 때도 있는데 이럴 땐 스트레스가 엄청나게 커집니다."

"한 번은 정차 중 잠시 졸다가 강남역을 정차하지 않고 그냥 지나치는 꿈을 꾸었습니다. 놀란 나머지 정차해 있는 열차의 비상 버튼을 누른 적도 있습니다. 지금 생각해보니 무척 창피합니다."

"투신자가 몸을 던지기 전에 마지막으로 눈을 마주치는 사람이 기관사라는 말이 있어요. 소름 끼치는 일이지만 사실입니다. 그런 일을 겪은 기관사들에게는 평생 트라우마로 남습니다."

캄캄한 어둠 속 홀로 좁은 기관실에서 매분 정확한 시간과 위치에 정차하는 지하철 기관사. 대부분은 햇빛이 하나도 들지 않는, 소음과 먼지만 가득한 지하에서 하루를 보낸다. 내가 한발 늦게 나온 주제에 씩씩대며 째려보던 기관사는 날마다 어둡고 좁고 고독한 일터로 출근하는 누군가의 아버지일 터였다. 부끄러웠다.
매일 출근길 계양행 지하철을 운행하는 기관사는 흰색 이어폰을 끼고 있다. 깜깜한 터널을 지날 때마다 기관사의 이어폰에서는 어떤 음악이 흘러나올까. 음악이 아니라면 어떤 소리를 들으며 레일 위를 달릴지 궁금하다. 다만 시끄러운 바람 소리는 아니었으면 좋겠다.

레일 둘.
지하철 레일 작업자들은 어떤 마음으로 레일 위에 설까.

지하철역 레일 작업을 하는 근로자들을 본 적이 있다. 레일 한가운데에서 여섯 명의 작업자가 작업을 하고 있었다. 스크린도어 너머로 사람들이 그들을 내려다보고 있었다. 그때였다. 관리자로 보이는 사람이 호루라기를 불었다. 급행열차가 들어오고 있었다. 그러자 여섯 명의 작업자는 하던 일을 멈추고 재빨리 선로 옆 작은 틈으로 뛰어 들어갔다. 그리고 공벌레처럼 몸을 말고 좁은 틈새에 쪼그려 앉았다.

지하철은 순식간에 레일 한가운데를 지나갔다.

소름이 돋았다.

아무리 작업의 과정이라지만 좁은 틈새에 몸을 숨긴 작업자들은 바로 옆으로 지나가는 지하철의 속도와 소음의 공포를 고스란히 느낄 것이 아닌가. 지하철이 지나가고 작업자들은 다시 레일 위로 걸어 나와 작업을 계속했다.

이후로 가끔씩 레일 위에서 죽음을 맞이한 작업자들의 뉴스를 접했다. 들어오는 열차를 피하지 못해 그 자리에서 즉사했다는 뉴스였다. 그럴 때마다 나는 어느 날 목격했던 레일 위의 작업자들을 떠올렸다. 나이 지긋한 아버지뻘 작업자들. 좁은 틈새로 뛰어가던 뒷모습과 공벌레처럼 몸을 말던 구부러진 등. 누군가의 아버지의 모습이었다.

그런 안타까운 뉴스들을 접할 때마다 나는 저절로 죽음의 광경을 상상하게 됐다. 레일 위에서 갑작스럽게 맞이한 그들의 죽음은 얼마나 처절했을까. 그 지하철을 운행한 기관사의 죄책감은 또 얼마나 무거웠을까. 짐작할 수도 없다.

◇

얼마 전 타고 있던 지하철이 터널 안에서 멈춘 적이 있었다. 지하철은 크게 덜컹거리며 멈춰 섰고, 균형을 잃은 나는 기둥에 머리를 부딪쳤다. 무슨 일이 생긴 걸까. 불현듯 내가 목격했던 기관사와 작업자들의 모습이 떠올랐다. 곧 급정거를 해서 죄송하다는 안내 방송이 울려 퍼졌다. 작은 운행 문제로 잠시 후에 출발하겠다고 기관사는 덧붙였다.

멈춰 선 지하철 안에서 사람들은 얼굴을 구겼다. 예전에 내가 그랬던 것처럼 잠시 멈춰 선 5분을 몹시도 불쾌해했다. 잠시 후 지하철은 다시 레일 위를 달렸다.

아버지들은 오늘도 레일 위로 출근한다. 매일 무심코 지나치지만 보이지 않는 어두운 곳에는 이런 일을 하는 아버지들도 있다. 당신들이 있어 오가는 우리의 걸음이 편안했다고. 부디 오늘도 무사하기를. 달리는 지하철 안에서 조용히 바랐다.

아버지는 석 달치 사글세가 밀린 지하셋방이다

너희들은 햇볕이 잘 드는 전셋집을 얻어 떠나라

아버지는 아침 출근길 보도 위에 누가 버린 낡은 신발 한 짝이다

너희들은 새 구두를 사 신고 언제든지 길을 떠나라

아버지는 페인트칠할 때 쓰던 낡고 때묻은 목장갑이다

몇 번 빨다가 잃어버리면 아예 찾을 생각을 하지 말아라

아버지는 포장마차 우동 그릇 옆에 놓인 빈 소주병이다

너희들은 빈 소주병처럼 술집을 나와 쓰러지는 일은 없도록 하라

아버지는 다시 겨울이 와서 꺼내 입은 외투 속에

언제 넣어두었는지 모르는 동전 몇 닢이다

너희들은 그 동전마저도 가져가 컵라면이라도 사먹어라

아버지는 벽에 걸려 있다가 그대로 바닥으로 떨어진 고장난 벽시계다

너희들은 인생의 시계를 더이상 고장내지 말아라

아버지는 동시상영하는 삼류극장의 낡은 의자다

젊은 애인들이 나누어 씹다가 그 의자에 붙여놓은 추잉껌이다

너희들은 서로가 서로에게 깨끗한 의자가 되어주어라

아버지는 도시 인근 야산의 고사목이다

봄이 오지 않으면 나를 베어 화톳불을 지펴서 몸을 녹여라

아버지는 길바닥에 버려진
붉은 단팥이 터져나온 붕어빵의 눈물이다
너희들은 눈물의 고마움에 대하여 고마워할 줄 알아라
아버지는 지하철을 떠도는 먼지다
이 열차의 종착역이다
너희들은 너희들의 짐을 챙겨 너희들의 집으로 가라
아버지는 이제 약속할 수 없는 약속이다

– 정호승 〈아버지들〉

◇
○

나의 첫 번째 생일

처음으로 친구의 생일파티에 놀러 갔던 건 아홉 살 때였다. 그때 나는 한 반에 다섯 명이 전부인 시골 분교에서 한 반에 서른 명이 넘는 소도시 학교로 전학 온 따끈따끈한 전학생이었다. 커다란 교실과 빽빽한 책상, 얼굴 익히기조차 벅찬 친구들과의 생활에 적응하느라 나의 아홉 살은 하루하루가 정신없이 흘러갔다.
내 짝꿍은 인기 많은 남자애였다. 딱 봐도 비싼 가방과 학용품을 가지고 다녔고 입고 오는 옷마다 귀티가 났다. 남자애답지 않게 하얀 피부와 동그란 눈망울, 그리고 새침한 성격이 더더욱 부잣집 도련님 같았다. 쉬는 시간이면 짝꿍 주위로 여자애들이 몰려들었다. 그럼 나는 시끌시끌한 그 곁에서 괜히 주눅이 들어 손가락만 꼼지락거리며 앉아 있었다.

하루는 짝꿍이 알록달록한 종이 한 장을 내밀었다.

"우리 집에서 생일파티를 열 거야. 너도 놀러 와."

"생일파티?"

종이에는 'Happy Birthday! 생일파티에 초대합니다'라는 색색의 글자가 적혀 있었다. 처음 받아본 초대장이었다. '파티'라는 세련된 외래어가 무척 신기했다. 그때까지만 해도 난, 생일이면 친구들을 초대해 파티를 여는 또래 문화가 있다는 것조차 몰랐던 촌뜨기였으니까.

짝꿍의 생일. 나는 조금 늦게 그 애 집에 도착했다. 엘리베이터에서 내리자 현관문이 활짝 열려 있었다. 아무렇게나 벗어둔 신발들이 바닥에 어지러이 흩어져 있었고, 와하하 즐거운 웃음소리가 새어 나왔다.

"네가 전학 온 친구구나. 어서 와."

공주처럼 머리가 길고 어여쁜 짝꿍 엄마가 나를 맞아주었다. 꾸벅 인사를 하고 넓은 거실에 들어서자 기다란 상 앞에 스물댓 명의 친구들이 앉아 있었다. 그리고 그 한가운데에 고깔모자를 쓴 짝꿍이 웃으며 나를 반겼다.

나는 멀찍이 떨어진 구석 자리에 앉았다. 나름대로 꾸미고 온다고 아끼는 꽃무늬 조끼를 입었는데, 머리도 양 갈래로 땋았는데, 모아둔

용돈으로 선물도 사 왔는데. 왠지 모르게 부끄러웠다. 친구들은 익숙하게 생일파티를 했다. 케이크에 초를 꽂고 노래를 부르고 촛불을 불었다. 폭죽이 팡팡 터지고 요란한 박수가 쏟아졌다.

생일상에는 맛있는 음식들이 가득 놓여 있었다. 치킨, 피자, 돈가스, 잡채, 그리고 내 앞엔 김밥이 놓여 있었다. 짝꿍이 내민 생일초대장처럼 알록달록한 김밥들이 층층이 케이크처럼 쌓여 있었다. 나는 다른 음식은 손도 안 대고 내 앞에 김밥만 하나씩 집어 먹었다.
동그란 김밥을 앙 하고 한 입 넣자 침이 고이고, 고소한 김과 고슬고슬한 밥, 동강동강 귀여운 재료들이 뒤섞이고, 말랑말랑하거나 아삭아삭한 식감이 느껴지고, 씹을수록 달콤한 맛이 났다. 그건 내가 처음으로 느껴본 생일의 맛. 뭐라 표현할 수 없이 경쾌하고도 즐거운 맛이었다.

그날 이후로 나에게 김밥은 특별한 음식이 되었다. 1년에 딱 하루, 많은 친구의 축하 속에서 주인공이 되는 날. 엄마가 정성껏 말아준 김밥은 케이크 못지않게 부럽고도 맛있는 음식이었다.
얼마 지나지 않아 나도 생일이었다. 하지만 집안 사정이 여의치 않았기에 짝꿍처럼 멋진 파티를 할 순 없었다. 그 후로도 나는 종종 친구들의 생일파티에 놀러 갔다. 그때마다 친구들이 못 견디게 부러웠지만 어쩔 수 없었다. 아마도 난 일찍 철이 든 아이였던지 나도 생일파티 해달라고 조르지 못했다.

열 살이 되었다. 다시 내 생일이 돌아왔다. 그런데 그날 아침, 엄마가 말했다. 학교 끝나면 친구들 데리고 집에 오라고. 그리고 물었다.
"뭐 먹고 싶은 거 있어?"
"김밥!"
나는 우렁차게 외쳤다.

학교가 끝나고 친구들과 집으로 향했다. 열댓 명을 끌고 가기엔 거실이 좁아서 친한 친구 네 명만 데리고 갔다. 처음으로 나를 생일파티에 초대해줬던 옛 짝꿍도 함께.
집에 도착했을 때, 우리 집 현관문이 활짝 열려 있었다. 솔솔, 음식 냄새가 풍겨왔다. 가슴이 뛰었다. 거실에 들어서자 푸짐한 생일상이 보였다. 치킨, 잡채, 케이크, 그리고 김밥. 엄마는 그때까지도 앞치마를 두른 채 김밥을 동강동강 자르고 있었다. 좋아서 입이 다물어지지 않았다.

난생처음 친구들과 함께하는 나의 생일파티.

우리는 케이크에 초를 꽂고 노래를 부르고 촛불을 껐다. 폭죽이 팡팡 터지고.

“생일 축하해.”

엄마와 친구들이 웃으며 박수를 쳤다. 벅찬 마음으로 생일상을 내려다보니 수북하게 쌓인 김밥이 색색깔 꽃처럼 활짝 피어 있었다. 얼른 김밥부터 입에 물었다. 앙 하고 한 입 넣자, 침이 고이고 마음이 간질간질하더니 찔끔 눈물이 차올랐다. 나는 너무너무 좋아서 그만 와앙 울고 싶었다.

◇
○

우리 다 너무나 염치없으므로

오전 내내 엄마와 통화가 되지 않았다. 부지런한 우리 엄마 청소하거나 목욕하러 갔겠지 대수롭지 않게 생각했다. 오후에 아이들 간식 먹이고 커피 한 잔 마시려는데 휴대폰이 울렸다. "엄마 교통사고 당했어." 엄마 목소리가 떨리고 있었다.

"엄마, 무슨 일이야? 괜찮아?"

"잠깐만. 이따가 다시 전화할게."

통화는 다급하게 끊어졌다. 순간 머릿속이 새하얘졌다. 엄마에게 무슨 일이 생긴 걸까. 다쳤을까. 어디가 얼마나. 괜찮을까. 엄마 혼자서 괜찮을까. 아. 지금 내가 뭘 해야 하지. 재차 전화를 걸었지만 엄마는 받지 않았다.

이럴 땐 정말 엄마가 가까이 살았으면 좋겠다고 생각했다. 자동차로 달려간다 해도 네 시간이 훌쩍 넘는 먼 데 말고, 문 열고 뛰어가면 바로 얼굴 볼 수 있는 코앞에 살았으면 좋겠다. 그게 아니면 엄마 옆에 누구라도 있었으면, 믿고 챙겨줄 누군가 있었으면 좋겠다.

무작정 휴대폰만 붙들고 기다리는 동안 온갖 불행한 상황들이 떠올랐다. 이러지도 저러지도 못하고 손톱만 물어뜯고 있는데, 엄마에게 전화가 왔다. 많이 다친 건 아니라며 병원에서 검사를 기다리고 있다고 했다.

"엄마, 왜 바로 전화 안 했어? 나도 있고 동생도 있고."

"모르겠어. 그냥 아무한테도 전화를 못 하겠더라…."

골목을 빠져나오던 차 한 대가 엄마 차를 보지 못하고 운전석을 들이받았다. 다행히 큰 사고는 아니었지만, 엄마는 운전석에 머리를 세게 부딪쳐 입안이 다 터졌다. 아픈 것보단 온몸이 덜덜 떨려서 아무것도 할 수 없었다고. 겨우 정신을 차리고 보험 처리를 한 후 바로 병원으로 달려왔다고 했다.

"검사 결과 봐야 알겠지만 입원해야 할지도 모른다네."

"엄마. 그럼 내가…."

"됐어."

엄마가 재빨리 내 말을 가로막았다.

"애 둘 딸린 엄마가 어딜 내려오려고."

"그럼 간호는 누가 해?"

"간병인 쓰면 돼. 괜찮아."

"그래도…."

"됐다니깐. 애들 운다. 얼른 달래줘라."

아이들도 심상찮은 분위기를 느꼈는지 서럽게 울었다. 엄마, 그럼 검사 다 받고 알려줘. 전화를 끊고 아이들을 달래는데 뭐라 설명 못 할 이상한 기분에 휩싸였다.

검사 결과 다행히 큰 이상은 없다고 했다. 입원하지 않아도 된다는 엄마의 말을 듣고 나서야 마음이 놓였다. 다 식은 커피를 들이켜고 방바닥에 주저앉았다. 다행이다. 정말 다행이다. 그런데 긴장이 풀리자마자 불현듯 엄청난 감정이 달려들었다. 나, 엄마에게 '내가 갈게' 그 한마디를 대꾸하지 못했다. 차마 입 밖으로 꺼내지 못했다. 자괴감이 몰려왔다.

언젠가 엄마랑 같이 봤던 드라마 〈디어 마이 프렌즈〉의 한 장면이 떠올랐다. 암에 걸린 엄마와 여행을 떠난 딸이, 화장실 거울 앞에서 제 뺨을 때리는 장면. 그때 이런 내레이션이 흘렀었다.

"엄마의 암 소식을 처음으로 전해 들으며, 나는 그때 분명히 내 이기심을 보았다. 암 걸린 엄마 걱정은 나중이고, 나는 이제 어떻게 사나. 그리고 연하는 어쩌나…. 난 오직 내 걱정뿐이었다. 그러니까 장난희 딸 나 박완은. 그러니까 우리 세상 모든 자식들은 눈물을 흘릴 자격도 없다. 우리 다 너무나 염치없으므로."

결국에는 나도 그런 자식이었던가. 오늘 나는 내 이기심을 보았다. 엄마의 교통사고 소식을 들으며 사실 나는 내 걱정이 먼저였다. 입원해야 할지도 모른다는 엄마의 말에, 내려가야 하나. 얼마나 있다 와야 하나. 하던 일은 어떡하지. 애들은, 또 남편은 어쩌나. 내 걱정부터 했다.

괜찮다는 말에 다행이다 안도했던 건 엄마에 대한 걱정만은 아니었을 것이다. 어쩌면 나 스스로에 대한 위안이었을지도. 그 마음을 엄마는 알고 있었다. 그래서 먼저 전화하지 못했고, 그래서 오지 말라 딱 잘라 말했을 것이다.

아아. 사는 동안 나는 몇 번이나 더 염치없는 딸이 될까. 저밖에 모르는 끔찍한 딸이 될까. 이런 게 자식이라니. 기가 차서 눈물조차 나오지 않았다.

"엄마 엄마."

옹알이가 터진 아기들이 세상에 예쁜 미소를 지으며 나에게 기어 온다. 두 아이를 품에 안았다. 자꾸만 흐려지는 희멀건 벽지를 멍하니 쳐다보다가 중얼거렸다. 나는 오늘을 잊지 못할 거야.

우리는 이렇게 사랑하고야 만다

엄마가 되었다. 아이들이 두 번째 생일을 맞이하는 동안 나는 혼자 아이들을 돌봤다. 엄마는 혼자가 되는 일이었다. 혼자 밥 먹고 혼자 설거지하고 혼자 말하고 울고 웃고. 혼자 외로웠다. 매일 해 질 무렵에는 베란다로 나갔다. 창문을 열고 가만히 숨을 쉬었다. 하늘을 바라보다가 어제와 같은 구도의 사진을 찍었다. 그리고 나를 키운 엄마를 생각했다.

내가 많이 지쳐 있을 때, 엄마가 하루 휴가를 주겠다며 애써 올라왔다. 나갈 준비를 하는데 혼자 밥 먹을 엄마가 걱정됐다. 아픈 다리로 두 아이 돌보면서 밥 챙겨 먹기 힘들 텐데. 하필이면 집에 먹을 게 하나도 없었다. 계란프라이에 김치찌개라도 끓여드릴까 하고 냉장고를 뒤적였다. 그런데 엄마는 괜찮다고. 얼른 준비하고 나가라며 내 등을 떠밀었다. 오늘만큼은 남의 밥 걱정 말고 너 하고 싶은 것만 하다 오라고 했다.

엄마가 되고 나서야, 매일 혼자 외로운 밥 먹어보고 나서야 내 엄마 밥 챙길 생각을 한다. 그마저도 괜찮다는 엄마 말에 못 이기는 척 슬그머니 그만두는 딸. 나는 아무래도 내 엄마가 가장 미안하고 가장 고맙다.

딸, 이거라도 먹고 가. 엄마가 그사이 식빵에 계란물 적셔 토스트를 만들어줬다. 도리어 내가 엄마가 해준 밥 먹고 간다. 외투도 걸치고 신발도 다 신었는데 발걸음이 떨어지지 않았다. 현관문에 서서 "엄마…" 하고 불러봤다. 엄마가 대답한다. "다 알아. 걱정 말고 다녀와."

우리는 이렇게 사랑하고야 만다.

밖을 나섰다. 바깥에는 이렇게나 날이 좋은데 훌쩍이며 걸어가는 애엄마가 하나 있다.

◇
○

베바라사나, 내 마음이 하는 말

언젠가 이런 이야기를 읽었다. 네안데르탈인의 유골과 함께 대량의 화분들이 발굴된 적 있다고. 이것은 그들이 죽은 사람들에게 꽃을 바쳤다는 사실을 보여주는데, 제4빙하기에 생존했던 유인원들에게도 '슬퍼하는 마음', '상대방을 생각하는 마음'이 있었다는 것이다. 그러니까 원시 시대를 살아가던 인간에게도 '마음'은 있었다.

현재를 살아가는 우리에게도 마음은 있다. '마음이 좋다' '마음이 편하다' '마음이 아프다' 일상에서 느끼는 기분이나 감정을 그렇게 말하곤 하니까. 그러나 정작 마음은 눈에 보이지 않는다. 어떤 모양인지, 어떤 색깔인지, 얼마나 크거나 작은지 또 얼마나 깊거나 얕은지. 눈에 보이지 않으니 이해하기는 어렵고 오해하기는 쉽다.

지구만큼 오랜 시간이 흘렀어도 여전히 마음을 보여주는 일에는 시간과 정성이 필요하다. 원시인들이 꽃을 바쳤던 것처럼 우리도 어떻게든 표현해야만 마음을 알 수 있다. 시계 초침처럼 바쁘게 사는 우리에게 결코 쉬운 일은 아니지만 우리는 기꺼이 마음을 움직이고 나누면서 살아간다. 마음을 표현하는 일. 아마도 그건 인간이 해왔던 가장 오래되고 진실한 일이 아닐까.

많은 순간 마음을 느끼지만, 유독 슬플 때 마음은 사무치게 느껴진다. 우리는 슬플 때 '마음이 아프다'고 말하며 가슴을 만진다. 뭉크는 실연당한 사람이 제 심장을 꽉 붙잡고 피 흘리는 그림을 그리기도 했다. 마음이 가슴에 있다고 생각하는 걸까. 하지만 나는 마음이 아프면 열이 오르고 머리가 아프다. 팔이며 다리며 손마디 끝까지 저릿하고 화끈거린다. 목울대가 뜨거워서 숨을 내뱉는 일조차 힘들고, 눈자위가 시큰거려 돌아누워도 조로로 눈물이 흘러내린다.
한 번이라도 소중한 이를 떠나보내 본 사람이라면, 온몸으로 마음을 느껴본 적 있을 것이다. 그런 걸 보면 마음이란 게 꼭 가슴에만 있는 건 아닌 것 같다. 머리에도 눈에도 목에도 어깨에도 손끝에도 마음은 그렁그렁 매달려 있다. 아파서. 온몸이 너무 아파서. 마음 아픈 일은, 슬픈 일은 아무래도 혼자서는 견디기가 힘들다.

그래서 나는 마음이 통한다는 말을 좋아한다. 이렇게나 표현하기 어려운 마음을, 이렇게나 부서져라 아픈 마음을 누군가 알아보고 이해해준다면 얼마나 좋을까. 기쁜 마음도 슬픈 마음도 함께 나눌 수 있는 사람이 있다면 얼마나 좋을까.

곧 사라질 소수언어 헤레로어에는 '베바라사나(VEVARASANA)'라는 말이 있다. '멀리 떨어져 있어도 마음은 늘 통한다'는 의미이다. 지금은 옆에 없지만 느낄 수 있다. 서로의 마음을 알 수 있다. 이해할 수 있다. 이 소수언어가 사라진다 해도 나는 이 단어만은 기억하고 싶다. 베바라사나. 이 말을 건네줄 수 있는 사람이 한 명이라도 있다면, 우리는 조금만 외로울 것이다. 견딜 수 있을 만큼 슬플 것이다. 만나지 못한다 해도 생각하고 아끼고 사랑할 수 있을 것이다.

나는 당신에게 작고 향기로운 꽃을 주고 싶다는 생각을 했다. 당신을 사랑하는 나의 마음이다. 비록 이 마음이 보이지 않더라도 알아줬으면 좋겠다. 언제 어디서나 내가 당신을 생각하는 한, 이 마음이 전해졌으면 좋겠다.
우리는 베바라사나.
언제까지나 그러하기를.

당신에겐 온전한 내 편이 있나요?

우연히 내 책을 읽은 독자 H와 J를 만난 자리였다. H가 내 손을 꼬옥 붙잡고 말했다.

“작가님은 나랑 같이 살아온 사람 같아요. 그렇지 않고서야 이런 글을 쓸 수가 없어. 책 읽다 작가님 엄마 이야기만 나오면 울었어요. 우리 집도 그랬거든요. 아빠 혼자 절 키우셨어요.”

“저도요. 할머니 혼자 키워주셨거든요.” 하고 J가 거들었다.

당황한 나는 ‘저도 엄마 혼자 키워주셨어요.’ 말해야 하나 머뭇거리다가 그만 웃음이 터져버렸다. 우리는 다 같이 웃었다. 그렇게 이상한 고백 타임이 되어버린 순간 깨달았다. 평소에 심각하게 생각하지 않아서 몰랐는데 알고 보니 나도 그녀들도, 우리는 모두 한 사람 아래에서 자랐다는 걸. 어른이 된 지금에야 '엄마 혼자, 아빠 혼자, 할머니 혼자 키워주셨어요.' 웃으며 말할 수 있지만, 각자의 마음속에 아픈 상처 하나씩은 간직하고 있다는 것도.

J가 말했다.
"가족이라고 생각했던 사람들이 함부로 하는 말들. 제겐 그게 가장 큰 상처였어요. 부모님이 안 계신 상황에서 친척들 누구 하나 도와주지 않았어요. 오히려 이런저런 말들만 많았죠. 사람들은 어리면 모를 거라고 생각하나 봐요. 하지만 다 알아요. 어려도 다 보고 듣고 느낀다고요. 그런 상황에서 할머니 혼자 꿋꿋하게 저를 키워주셨어요. 저는요. 할머니 품에서 자라는 동안 가난하긴 했지만 단 한 번도 사랑이 부족하다고 느낀 적은 없었어요. 잘 자랐다고 생각해요. 할머니 덕분에 이만큼 살 수 있었어요."
H가 말했다.
"전 제 삶에 당당해요. 나름대로 어려운 환경이었지만 삐뚤어지지 않고 잘 자랐고 스스로 남부럽지 않은 능력도 쌓았어요. 그렇게 아빠가 사랑으로 키워주셨고요. 그런데 한 번은 친정엄마가 안 계신다는 이유로 시댁 어른들이 아빠를 무례하게 대하는 모습을 봤어요. 그때 아빤 아무 말도 못하고 가만히 앉아만 계셨죠. 왜 그럴까? 우리 아빠 혼자서도 바르게 자식들 키운 대단한 사람인데, 그런 사람에게 왜 이렇게 무례한 걸까? 아빠 왜 죄지은 사람처럼 한마디도 못하는 걸까? 하지만 그런 생각을 하면서도… 저 역시 아무 말도 할 수가 없었어요. 두고두고 그때를 잊을 수가 없어요."

그녀들의 이야기를 들으며 나도 어떤 기억 하나를 떠올렸다. 아가씨 시절, 결혼을 화두로 친구들과 이야기를 나눌 때였다. 저마다의 결혼관과 남편감에 대해서 열띤 대화가 오가고 있었다. 그때 한 친구가 말했다.

"우리 부모님은 남편감을 두고 왈가왈부하는 건 없지만 딱 하나는 보셔. 부모가 이혼한 사람은 절대 안 된대. 이혼 가정은 잦은 다툼이나 폭력적인 성향 같은 안 좋은 문제가 있었을 거고, 그 집에서 자란 아이는 애정 결핍이나 정서적 결핍이 있을 거라고. 어쨌든 그게 자라서도 조금이나마 남아서 영향을 미친다는 거야. 그래서 우리 부모님은 이혼 가정은 절대 안 된다고. 정상적인 부모 아래에서 충분히 사랑받으며 자란 건강한 사람이랑 결혼해야 한대."

어딘가 한 대 얻어맞은 기분이었다. 물론 친구는 우리 집 사정을 잘 몰랐을 테지만, 어떤 이들은 이혼 가정과 그 아이를 그렇게까지 생각한단 사실이 충격적이었다. 이혼 가정에서 자란 내가 건강하지 않은 사람, 사회에서 정상적이지 않은 부류의 사람으로 낙인찍힌 것 같아 씁쓸했다. 지금껏 잊지 못하고 따끔따끔한 걸 보면, 나에게 꽤 큰 상처로 남았던 모양이다. 그렇게 먹먹한 마음을 더듬고 있을 때 H가 말했다.

"그렇지만. 우리 어쩔 수 없이 상처는 받았지만요. 다른 사람들은 몰라도 우리만 알 수 있는 게 있어요. 단 한 사람에게만이라도 온전한 사랑을 받으면 제대로 살 수 있다는 것."

우리는 고개를 끄덕였다. 되돌아보면 우리에겐 언제나 남들에 비해 부족하고 외롭고 어려운 삶이 주어졌다. 그럴 때 어떤 이들은 우리를 만만하게 흉보았고 무례하게 대했고 건강하지 않은 사람으로 여겼지만, 그래도 우리는 제대로 살아왔다. 단 한 사람의 온전한 사랑. 엄마의 온전한 사랑이, 아빠의 온전한 사랑이, 할머니의 온전한 사랑이 우리를 이만큼 키운 것이다.

영화 〈계춘할망〉에서 엄마아빠도 없고 소위 불량청소년으로 찍혀 어디에도 마음 붙이지 못하는 손녀에게 계춘할망은 말한다.

"세상살이가 아무리 힘들고 지쳐도 온전한 내 편만 있으면 살아지는 게 인생이라. 내가 네 편 해줄 테니 너는 네 원대로 살라."

그렇게 손녀 곁에 쪼그리고 앉아 있던 계춘할망을 떠올리니 괜히 또 마음이 저릿하다. 그 모습이 두 아이를 껴안은 우리 엄마와 겹쳐지기 때문이다. 지켜줄게. 사랑해줄게. 네 편 해줄게. 세상 풍파에 맞서겠다던 온전한 내 편이 이렇게나 작고 연약한 사람이었다니. 그 작고 연약한 품에서 나는 무사히 잘 자랐다.

언제든 넘치는 애정과 친절한 호의, 언제고 든든한 울타리와 따뜻한 집이 거짓말처럼 모두 내 것일 리 없다. 아등바등 살아도 잴 것 많고 상처받을 일 많은 세상에서 제 몸 하나 살아내기 빠듯하기에, 누군가를 사랑하고 또 사랑받는 일은 그렇게나 어려운지도 모르겠다.

하지만 살아가는 데 그리 많은 사랑이 필요한 건 아니다. 힘들고 지칠 때 딱 한 명만. '내가 네 편 해줄게' 곁을 지켜줄 사람이 있다면 우리는 충분히, 충만하게 살아갈 수 있다.

그날의 대화를 곱씹으며 돌아오던 길, 나는 사랑에 대해서 생각했다. 단 한 사람에게만이라도 온전한 사랑을 받을 수 있다면 우리는 제대로 살 수 있다. 작고 연약한 한 사람이 쏟는 사랑이지만, 그 사랑은 너무나 간절하고 단단하고 고요하기에 어마어마한 상처를 모두 다 감싸 안을 만큼 힘이 세다. 정말이지 감사하게도 나는 그걸 살아오면서 느꼈다. 그래서였나. 아주 가끔 상처는 받았지만 그래도 괜찮았다.

BREAD COFFEE SALAD CAKE TEA
COOKIE

◇
○

너의 4의 세계

내가 처음으로 좋아했던 남자애는 3학년 때 내 짝꿍이었다.
그 애의 세계는 숫자 4로 돌아가고 있었다. 3학년 4반 4번, 생일도 4월 4일이었다. 친구들은 숫자 4는 불길하고 재수 없는 숫자라며 4반 4번, 4월 4일에 태어난 그 애를 '재수 없는 놈'이라고 놀렸다. 유치했다.
우리 반은 좋아하는 사람 옆자리에 가서 앉는 방식으로 짝을 정했다. 여자애가 앉아 있으면 남자애가 가서 앉고, 남자애가 앉아 있으면 여자애가 가서 앉았다. 우리는 1년 내내 짝이었다. 서로 좋아했다.
좋아했다고 해도 겨우 열 살이었던 그때의 감정이 얼마나 대단했을까. 그때는 사귄다는 개념도 없었고, 좋아하는 이성에게 심각하게 목을 매는 일도 없었다. 얼굴을 보면 설레고 같이 있으면 기분 좋은 그냥 순수하게 '좋아요'의 감정이었다.

그 애는 못생긴 편이었다. 까만 얼굴에 역시나 새까만 참 머리가 바가지처럼 툭 얹어져 있었다. 뭉뚝한 주먹코에 쌍꺼풀도 없이 찢어진 눈은 눈두덩이가 퉁퉁 부어 있었다. 그리고 두툼한 입술까지. 꼭 두꺼비같이 생겼었다. 넙데데한 그 얼굴을 보고 있으면 금방이라도 볼이 불룩하게 부풀어 오를 것 같았다.
패션 센스도 꽝이었다. 나는 그 애가 평상복을 입고 온 모습을 본 적이 없었다. 청록색 학교 체육복을 교복처럼 입고 다녔다. 책가방도 신주머니도 그냥 통 까만색. 외모부터 차림새까지 죄다 우중충하다 보니 하얀 실내화만 유난히 하얗게 튀어 보였다. 그 애는 저어기 촌구석 시골 분교에서 갓 전학 온 촌뜨기 같았다. 가진 물건 중에서 빛나고 매끈한 건 하나도 없었다. 그런데도 나는 그 애가 좋았다.

왜 그렇게 좋아했을까 생각해보면, 나는 그 애가 보통 남자애들과는 다르게 어른스러워서 좋아했던 것 같다. 그 애는 매일 같은 체육복만 입고 다녔지만 체육복은 언제나 깨끗했고 빨랫비누 냄새가 났다. 친구들이 '숫자 4 같은 놈' '재수 없는 놈' 놀려도 그냥 빙그레 웃고 말았다. 조용조용히 말했고 큰 소리를 낸 적도 친구들과 싸운 적도 없었다. 공부를 썩 잘하진 못했지만 선생님 말씀을 열심히 들었고 숙제도 청소도 성실히 했다. 화장실 청소나 우유 당번 같은 것들, 남들이 꺼리는 궂은일도 나서서 말없이 했다. 그 애는 학급 회의에서 선행 어린이로 자주 뽑혔다. 언제나 깨끗했던 체육복과 하얀 실내화처럼 반듯하고 성실한 아이였다.

우리는 함께 앉던 내내 한 번도 싸우지 않았다. 내가 성깔을 부려도 그 애는 화내지 않았다. 그 흔한 책상 가르기도 하지 않았다. 만일 내가 책상에 주욱 금을 긋고 넘어오지 말라고 했어도 '괜찮아. 그만큼은 너 줄게'라고 말할 애였다. 그 애는 그런 애였다.

반 애들이 그 애를 '재수 없는 놈'이라고 부른 이유는 잘난 체하는 성격이 아니꼬와서가 아니었다. 사실 그 애는 정말로 재수 없는 놈이었기 때문이었다. 차라리 불운한 놈이라고 하는 게 더 맞을 것이다. 그 애에겐 재수라고 할 만한 좋은 일이 하나도 없었다. 집은 가난했고 가정환경도 좋지 않았다. 엄마에게는 지적 장애가 있었다.

그 애의 엄마는 항상 놀이터에 앉아 있었다. 커다란 몸집에 짧은 파마머리를 한 아줌마였다. 얼핏 보면 그냥 동네 아줌마 같았지만 가만 보면 좀 이상했다. 색깔이며 사이즈며 몸에 맞지 않는 옷을 껴입고 맨발에 허름한 슬리퍼를 신고 앉아 있었다. 그리고 멍한 표정으로 어딘가를 바라보다가 어허허 소리 내어 웃곤 했다. 그렇게 아이들이 뛰노는 놀이터 한복판, 시소나 그네 같은 곳에 앉아 있었다.

학교를 오갈 때마다 슬쩍슬쩍 아줌마를 보곤 했다. 처음엔 이상한 사람 같아서 무서웠다. 그러다가 친구들 얘기를 듣고 그 아줌마가 그 애의 엄마라는 사실을 알게 되었다.

그날도 아줌마는 그네에 앉아 있었다. 그런데 그네 밑으로 물이 뚝뚝 떨어졌다. 아줌마는 그것도 모르고 웃고만 있었다. 놀이터에서 놀던 애들이 수군거렸다. 그때였다. 그 애가 걸어오더니 아줌마를 부축하고는 천천히 걸어 나갔다. 그 애를 놀리는 애들은 한 명도 없었다. 놀이터는 조용했다. 아이들 사이에 소문처럼 떠도는 이야기였다.

나는 그 애의 모습을 상상했다. 그 애는 얼굴도 빨개지지 않았을 거고 그냥 입을 다문 채 옅은 미소를 지었을 것이다. 어른스러운 아이였다. 가여운 마음도 있었지만 금방 잊어버렸다. 나는 그런 그 애를 좋아했으니까.

어른이 되고 자주 그 애를 생각했다. 아니, 자꾸 그 애가 생각났다. 그 애는 어른스러운 게 아니었다. 어른들도 그렇게는 할 수 없었다. 재수 없는 놈이라는 놀림에도 조용히 웃고, 단벌 체육복으로 학교를 오가고, 가난한 소지품을 깨끗이 빨아 말려 입고, 오줌을 지린 엄마를 묵묵히 데리고 가는 그런 행동은 어른들도 할 수 없는 일이었다. 그 애는 조그만 아이였지만 재수 없는 4의 세계를 그냥 꿋꿋이 견디고 있었다.

열아홉 살이 되었을 때, 그 애의 미니홈피를 찾아갔다. 넌 그대로일까. 어떻게 지내고 있을까. 가슴이 쿵쾅거렸다. 열아홉 살이 된 그 애의 사진이 있었다. 얼굴은 그대로였지만 표정이 달라져 있었다. 까만 얼굴에 역시나 새까만 참 머리가 바짝 깎여 있었다. 뭉뚝한 주먹코에 쌍꺼풀도 없이 찢어진 눈은 위를 치켜뜨고 있었고 넙데데한 얼굴은 무뚝뚝했다. 나는 인사를 남길 수 없었다. 조용히 컴퓨터를 꺼버렸다.

4의 세계.
불길하고 재수 없는 너의 세계는 어땠을까.
너는 언제까지 그 세계를 말없이 견뎌냈던 것일까.

너를 생각한다.

두꺼비 같은 얼굴로 빙그레 웃던 너, 빨랫비누 냄새가 나던 청록색 체육복과 하얀 실내화를 신은 너. 말없이 내 책상 위에 우유를 올려놓던 너. 머리를 긁적이며 다가와 내 옆자리에 앉던 너.

내 기억 속에 넌 절대로 재수 없는 놈이 아니었는데. 만지면 뽀드득 소리가 날 것 같은 하얀 눈송이처럼, 그렇게 착하고 반갑기만 한 내 친구였는데…. 네가 다시 한 번 내 옆자리에 앉았으면 좋겠다.

아. 한 번이라도 너에게 괜찮냐고 물어볼 걸 그랬다.

◇
○

어떤 슬픔들은 따뜻하다

나와 쌍둥이처럼 살아온 사람을 만났다. 놀랍게도 우리는 첫눈에 서로를 알아보았다. 눈 때문이었다. 상냥한 얼굴로 밝게 웃고 있었지만 우리는 슬픈 눈을 가지고 있었다. 누가 그랬던가. 부침 많은 유년을 겪으며 자란 아이들은 눈부터 늙는다고.

그녀와 오래도록 대화를 나눴다. 과거의 상처들을 하나둘 꺼내며 스스럼없이 웃고 떠들었다. 누구에게도 솔직히 말하지 못했던 것들 - 아버지에 대한 미움, 엄마에 대한 미안함과 사랑, 삶을 무겁게 짓눌렀던 아픔과 버거움, 그리고 내면에 자리한 열등감과 죄책감 같은 것들. 우리만이 나눌 수 있는 대화였다.

"우리 너무 슬프지 않아요?"

나는 물었고 그녀는 슬픈 눈으로 웃었다. 이상한 뭉클함이 느껴졌다. 우리의 슬픔은 결코 따뜻하지 않지만 당신도 나처럼, 나도 당신처럼 슬펐다는 사실이 안도와 위안이 되었다. 그러자 마음이, 그 어떤 경계심도 조바심도 없이 함부로 따뜻해졌다.

"슬픔이란 게 그런 거 같아요. 한 가지만으로 설명할 수 없는 감정이랄까요. 미움 아픔 공허 상실 같은 이루 다 표현할 수 없는 여러 가지 감정들이 뒤섞인 거대한 마음이요."

그녀와 헤어지고 잠시 무뎌져 살았던 나의 슬픔을 떠올렸다. 그것에 대해 생각하고 생각하다가 늦게 잠이 들었다. 얕은 잠 속에서 꿈을 꿨다. 꿈에서 나는 과거로 돌아가 울고 있었다. 깨어나고 다시 잠들지 못했다.

그녀의 말처럼 '슬픔'은 한 가지로 설명할 수 없는 여러 가지 감정이 뒤섞인 마음 같다. 나의 슬픔은 아마도. 그리고 아직도. 아픔과 가장 가까이 닿아 있다. 아프지 않기 위해서 그걸 건드리지 말아야 할까. 마음속 깊은 곳에 가만히 두어야 할까. 그러다 문득 그녀가 걱정되었다. 혹시 당신도 악몽을 꾸었나요. 우리가 그것들을 괜히 꺼낸 걸까요. 괜찮을까요, 우리.

잠들지 못한 사이 아침이 밝아오고 있었다. 노트북을 열어 묵혀둔 글들을 꺼냈다. 읽고 더듬고 쓰면서 나를 다독였다. 돌아보면 나에겐 이런 아침이 많았다. 그때마다 쓰면서 아파하고 슬퍼했던 것 같다. 그러고 나면 앓고 난 후의 아침처럼 몸도 마음도 한결 가뿐해졌다.

나는 생각했다. 아프더라도 우리 슬픔, 건드리는 편이 낫다고. 생각날 때마다 서랍을 열어 꺼내 쓰는 무언가처럼 자주 열었다 닫았다 확인하고 꺼내 써야 하는 마음이라고.
슬픔이 필요한 순간이 있다. 나와 내 곁에 사람들이 선명하게 살아 있다는 사실을 깨닫기 위하여. 매일 새로운 아침을 맞이하는 일이 얼마나 고마운 것인지 잊지 않기 위하여. 서성이는 슬픔들을 알아보고 서로 기대어 따뜻해지기 위하여.
세상의 모든 슬픔을 헤아리고 싶은 아침이었다.

어떤 슬픔들은 따뜻하다.

슬픔과 슬픔이 만나 그 알량한 온기로

서로 기대고 부빌 때,

슬픔도 따뜻해진다.

차가운, 아니다, 이 형용사는 전혀 정확하지 않다.

따뜻한 슬픔의 반대편에서 서성이는 슬픔이 있다.

그 슬픔에 어떤 형용사를 붙여주어야 하는가.

시린 슬픔?

아니다, 여전히 부족하다.

기대고 부빌 등 없는 슬픔들을 생각한다.

차가운 세상, 차가운 인생 복판에서 서성이는 슬픔들…

– 조병준 〈따뜻한 슬픔〉

◇
○

반짝반짝 빛나는 텔레비전

중학생이었던 나. 토요일이면 숙제할 거리를 싸 들고 할머니 집으로 향했다. 할머니는 가족들이 떠난 집에서 혼자 살았다. 마지막으로 할아버지가 그 집을 떠났을 때부터였다. 할머니는 말수가 적어지고 웃음이 옅어졌다. 어린 눈에도 할머니는 쓸쓸해 보였다. 가까이 사는 손녀니까 챙겨드리고 싶은 마음에 나는 토요일마다 할머니 집에서 잤다.

할머니랑 뭘 했더라 더듬어보면 밥 먹고 텔레비전 본 기억밖에 없다. 가뜩이나 내성적인데 사춘기였던 손녀는 말이 없었고 무뚝뚝한 편이셨던 할머니도 말이 없었다. 함께 나눌 만한 이야깃거리도 없고. 그저 둘이서 멀뚱멀뚱. 머쓱하니 뚝뚝 무뚝뚝. 생각해보면 그런 우리 사이를 어색하지 않게 해줬던 건 텔레비전이었다.

할머니네 텔레비전은 고물이었다. 동그라미 버튼을 돌려야 채널이 바뀌고, 머리통을 탕탕 두드리거나 안테나를 지직지직 움직여야 그나마 선명한 화면이 나왔다. 조그만 고물 텔레비전 앞에서 우리는 하루를 보냈다.

밥 먹고 숙제하고 마늘 까고 콩나물 다듬고. 또 밥 먹고 이불 펴고 곶감 먹고 드라마 보고. 그러다 '주말의 명화'가 시작될 때쯤 나는 스르르 눈이 감겼다. 할머니는 소리를 줄이고 외국 배우들이 뻐끔거리는 텔레비전을 보셨다.

할머니 집의 밤. 어디선가 귀뚜라미 뚜루뚜루 울고 창가에 날벌레들 푸득푸득 날갯짓을 했다. 집 앞 바닷가에서 쇄아쇄아 파도 소리가, 뒷동산 대숲에서도 쇄아아아 바람 파도가 밀려왔다. 자장자장 자장자장. 우리 할머니 집, 고 손바닥만 한 세상의 모든 소리가 자장가였다.

나는 졸린 눈을 깜박거렸다. 까만 방. 텔레비전이 소리 없이 빛나고 있었다. 그 빛 아래 할머니도 졸고 있었다. 나는 언젠가 건넸던 말들을 마음속으로 속삭였다.

할머니, 텔레비전 끄고 자요.

할미 안 잔다.

거짓말. 할머니도 졸리잖아요.

늙으면 잠이 잘 안 와. 자다가도 금방 깨.

나는 너무 졸려요. 할머니, 잘 자요.

반짝반짝. 까만 바다를 비추는 등대처럼 까만 밤을 지키던 할머니의 텔레비전. 소리 없이 반짝이는 불빛 아래 우리는 나란히 잠이 들었다. 그런 밤이 나는 좋았다.

커서 돈 벌면 우리 할머니 텔레비전이나 한 대 사드려야겠다고 다짐했다. 하지만 할머니는 너무 일찍 돌아가셨다. 어느덧 시간은 흘러 나는 쌍둥이 두 아이의 엄마가 되었다. 갓난쟁이 손주들을 보겠다고 엄마가 지방에서 올라온 날이었다.

"요놈들, 할머니 왔어. 할머니!"

엄마는 아기들을 품에 안고 히죽 웃었다. 나는 아직 '할머니'라는 호칭이 어색한데 엄마는 손가락으로 자신을 꾹꾹 가리키며 '할머니야, 할머니' 하고 불렀다.

몇 달 만에 만난 엄마는 정말로 할머니가 되어 있었다. 고새 흰머리와 주름살이 늘고 몸집이 더 작아졌다. 아기를 안다가도 다리가 아파 아고고고 주저앉고 자꾸만 하던 말들을 깜빡깜빡했다.
혼자 사는 엄마가 늙어가는 모습을 지켜보는 마음은 깔끄럽다. 멀리 산다고 1년에 겨우 예닐곱 번 얼굴 보기 힘든데, 그때마다 조금씩 늙어 있는 엄마를 만난다는 건 마음이 아픈 일이다.
엄마. 우리 가까이 살면 좋을 텐데. 밥도 같이 먹고 목욕탕도 같이 가고 하룻밤 같이 자고 그럼 참 좋을 텐데… 바라는 건 아주 사소한 것들인데도 기꺼이 함께할 수가 없다. 내가 엄마가 되고 나서는 더더욱. 그래서인가. 할머니가 된 엄마를 볼 때마다 가슴이 먹먹하다.

그날 밤. 거실에 엄마 잠자리를 내어주었다. 엄마는 눕자마자 텔레비전을 틀었다. 아기들 깰세라 소리를 줄인 채 이리저리 채널을 돌렸다. 엄마는 텔레비전을 보는 둥 마는 둥. 아고고. 아기 보는 것도 보통 힘든 게 아니다야. 세상에. 우리 딸이 엄마가 됐네. 이제 시간이 점점 빨리 갈 거야. 눈 감았다 뜨면 아기들은 쑥쑥 큰다니까. 그나저나 우리 딸 힘들어서 어쩌누. 아직도 애기 같은 게 엄마가 됐다니… 종알거리던 엄마는 얼마 지나지 않아 눈꺼풀이 무거워졌다.

"엄마, 텔레비전 끄고 자."

"안 자. 보고 있어."

"엄마 졸린 거 같은데… 텔레비전 끄고 푹 자."

"이따가. 나이가 드니까 잠을 잘 못 잔다."

하여간 엄마 고집은… 나는 알겠다며 아기들 자는 방에 누웠다. 살짝 열어둔 문틈으로 텔레비전 불빛이 반짝거렸다. 그 빛을 바라보는데 왠지 모르게 쓸쓸한 기분이 밀려왔다. 잠이 오지 않아 뒤척이다가 다시 거실로 나갔을 때, 엄마는 잠들어 있었다.

조용히 빛나는 텔레비전이 잠든 엄마의 얼굴을 비췄다. 아파트 도로변 자동차 소리가 쇄아쇄아 파도 소리처럼 몰려왔다. 엄마의 얼굴에 그 어린 날 할머니의 얼굴이 겹쳐 보였다. 반짝반짝. 쓸쓸한 얼굴이, 적적한 마음이, 그리운 시간이 반짝반짝 빛났다. 그때는 이 빛이 이렇게나 아린 빛인 줄 몰랐다. 새삼 흘러간 세월이 실감 났다.

엄마. 나 언젠가 이 얼굴을 봤어. '엄마의 엄마'의 얼굴이었지. 우리 함께인 밤이 너무 좋은데, 왜 이렇게 슬픈지 모르겠다. 엄마. 엄마.

나는 엄마를 불러보려다 말고 살금살금 다가가 텔레비전을 껐다. 오늘만큼은 엄마가 곤히 잠들었으면 좋겠다고.

'텔레비전 잘 자. 우리 엄마 잘 자. 아가들 잘 자. 할머니도 잘 자.'

자장자장 자장자장.

까만 밤 속에서 인사를 건넸다.

반짝반짝.
쓸쓸한 얼굴이, 적적한 마음이, 그리운 시간이
반짝반짝 빛났다.

◇
○

너는 자라 내가 되었지

학생 중에는 평소에 저랑 한마디도 안 하다 이따금 딸기우유나 초콜릿을 건네고 가는 여중생도, 말수 적고 속이 깊어 언제나 부모님을 걱정하는 남고생도 있었어요. 공부를 하도 한 탓에 수업 중에 코피를 쏟는 아이도, 갑자기 복도로 뛰어나가 토를 하는 아이도 있었고요. 그런데 언니, 요즘 저는 하얗게 된 얼굴로 새벽부터 밤까지 학원가를 오가는 아이들을 보며 그런 생각을 해요.
'너는 자라 내가 되겠지… 겨우 내가 되겠지.'

– 김애란 〈서른〉

스물일곱, 너는 자라 내가 되겠지

어떤 문장은 가슴에 파고든다. 김애란의 단편소설 〈서른〉을 읽었을 때, '너는 자라 내가 되겠지… 겨우 내가 되겠지.' 이 문장 다음을 넘어가지 못하고 한참 머물러 있었다. 스물일곱이었던 나는 다니던 회사를 그만두고 반년 넘게 재취업 준비를 했다. 그러다 그마저도 그만두고 막내작가 일을 시작했다.
월급은 반 토막, 가장 나이 많은 막내작가였고 근무환경도 열악했다. 열정 하나로 기쁘게 일할 수 있다고 마음먹기에 나는 애매하게 나이 들어버렸다. 주위의 반대에도 불구하고 내가 하고 싶은 일을 선택하긴 했지만 현실적인 것들이 아른거렸다. 돈과 나이, 경력과 사회적 위치 같은 것들이 자꾸 떠올라 습관처럼 한숨을 내쉬었다.

무엇보다 견딜 수 없었던 건 그동안 차곡차곡 쌓아왔던 내 삶이 와르르 무너지는 기분이었다. 지금 선택한 일과는 전혀 관련 없는 전공과 회사와 스펙을 쌓아오느라 이제껏 돈과 시간과 노력을 낭비했단 생각이 들었다. 그냥 일찍 작가 일을 시작할걸. 그런데 이 일은 정말 나한테 맞는 걸까. 이 일을 오래 계속할 수 있을까. 그런 복잡한 생각들로 잠 못 드는 밤이 많았다. 그때 이 문장을 만났던 거였다.

너는 자라 내가 되겠지… 겨우 내가 되겠지. 나를 괴롭히던 직장 상사와 서로의 험담을 흘기던 직장 동료들, 사회물에 찌들어 푸념을 늘어놓던 친구들, 늘상 밤새느라 하얗게 뜬 방송작가들의 얼굴이 지나갔다. 이렇게 열심히 살아도 나는 훗날 당신들이 되고 마는 걸까. 겨우 그런 얼굴이. '너는 자라 내가 되겠지.' 스물일곱 나에게는 막막한 문장이었다.

서른둘, 너는 자라 네가 되겠지

시간이 흘러 서른둘 두 아이의 엄마가 되었을 때 나는 다시 이 문장을 만났다. 어느 작가의 SNS에서였다. 무언가에 푹 빠져 집중한 딸아이의 사진을 올린 작가는 아래 이런 문장을 적어놓았다. '너는 자라 네가 되겠지.'
김애란 소설 속 문장에서 단지 모음 하나를 바꾸었을 뿐인데 '내'가 '네'가 되어 완전히 다른 의미가 되었다. 나는 단박에 이해할 수 있었다. 그건 엄마의 마음이었다. '우리 사는 세계는 이토록 아름답고 경이롭단다. 그 안에서 너는 자유롭게 살아. 온전히 너 자신으로 자라렴' 하고 격려하는 엄마의 마음.

나는 아이를 바라보았다. 그러나 아이는 자라며 알게 될 것이다. 이 세계가 아름답지만은 않다는 걸. 어둡고 차갑고 아프고 나빠지기도 한다는 걸. 순식간에 무너지기도 한다는 걸. 그런 세계의 맞은편에 엄마가 있었다. 그럴 때마다 아이를 믿고 껴안아 줄 유일한 사람이었다.

온전히 나 자신으로 살아가는 일이 어려울까, 온전히 누군가를 사랑하는 일이 어려울까. 나는 엄마가 되고 나서야 아무 조건 없이 누군가를 사랑하는 일이 더 어렵다는 걸 깨달았다. 두 가지 일은 서로 대척점에 놓여 있는 것만 같다. 온전히 누군가를 사랑하기 위해선 자신을 희생해야 하니까.

'너는 자라 네가 되겠지.' 이 한마디는 그럼에도 불구하고 나는 너를 사랑할 거라고. 너무 걱정하지 말라고. 그런 엄마의 강인한 마음이 담겨 있는 것 같아 뭉클했다. '너는 자라 네가 되겠지.' 서른둘 나에게는 따뜻한 문장이었다.

서른셋, 너는 자라 내가 되었지

얼마 전 페이스북에 편지처럼 도착한 6년 전 포스팅을 읽었다. 스물일곱이었던 내가 쓴 일기였다.

내가 실패했다고 생각했다면 마음이 아프고 자주 울었을 것이다. 지금껏 흘려보낸 시간과 노력과 돈과 고민과 서러웠고 불안했던 밤이, 아깝다는 생각은 들지만 아프지는 않다. 누군가에겐 나의 선택이 무모하게 여겨질지 모르겠다. 하지만 요즘 나는 꽤 즐겁다고 생각한다. 그걸로 충분하다. 중요한 건, 태어나 처음으로 '하고 싶다'는 의지로 내 인생을 결정했다는 것. 지나간 시간과 선택들이 볼품없다 해도 쓸모없진 않다. 그것들이 나를 여기로 데리고 왔으니까. 이제라도 깨달아서 다행이야.

서른셋의 나는 답장을 썼다.

6년 전 다니던 직장을 그만두고 뒤늦게 막내작가 일을 시작했던 너의 일기. 어쩌면 지금의 나를 작가로 살게 해준 첫 발걸음이었을지도 모르겠어. 주위의 반대와 불안정한 미래에 내심 맘고생이 심했지만, 꿋꿋이 그 길을 선택해준 너에게, 과거의 나에게. 잘했다고 토닥이고 싶어. 너는 자라 내가 되었지. 결국 내가 되었지. 그래서 고마워.

그때의 문장은 조금씩 변해서 이렇게 완성되었다. '너는 자라 내가 되었지. 결국 내가 되었지.' 서른셋 나에게 고마운 문장으로.

잘 보이지도 느끼지도 못하지만 나는 매일 자라고 있다. 하루, 한 달, 한 해가 지나면 나는 또 다른 모습으로 자라 있을 것이다. 그때도 그랬으면 좋겠다. 다른 누구처럼이 아닌 고유한 나로 살아 있길 바란다. 그리하여 언제까지나. 나는 자라 내가 되고 싶다.

여리디여린 아침이여, 안녕

토요일 아침, 카페 2층에 자리를 잡았다. 이곳은 사방으로 창이 크게 뚫려 있어서 키 큰 나무들이 잎을 드리우고 잠이 덜 깬 건물들과 한산한 교차로가 한눈에 들어온다. 오늘은 살짝 흐린 날씨, 눈에 띄는 선명한 색채 하나 없지만 채도는 맑다.

이른 아침인데도 오고 가는 사람들이 많다. 그러나 평일 출근길과는 사뭇 다른 모습이다. 하나같이 느린 걸음으로 걷는다. 편안한 차림에 슬리퍼를 끌고 하품을 하며 지나간다. 평온한 풍경 속에 느린 걸음으로 걷는 사람들, 나른한 하품이 떠다니는 토요일 아침은 평소보다 천천히 흘러간다.

일찍이 카페에 자리 잡은 사람들은 대부분 혼자이다. 무언가를 하고 있지만 아무것도 하고 있지 않기도 하다. 공부를 하거나 그림을 그리거나 창밖을 바라보거나 커피를 마시거나. 누군가를 바라보는 것이 아니라 무언가를 바라보고 있다.

오롯이 개인의 시간이다. 자리마다 떨어져 앉은 개인과 개인. 창밖에 흔들리는 이파리처럼 무심하고도 평화로워 보이지만, 어쩌면 고단한 일상을 보내고 오랜만에 맞이한 여유로운 아침일 터. 나는 그들의 시간이 토요일 아침처럼 천천히 흘러가길 바랐다.

나도 오랜만에 주어진 여유에 감사하며 키보드를 두드렸다. 토요일 아침, 깨어 있는 모두에게 메리 올리버의 시로 아침 인사를 건넨다.

"여리디여린 아침이여, 안녕. 오늘 넌 내 가슴에 무얼 해줄까?"

◇
○

에필로그

나는 왜 글을 쓰는 걸까

어떤 소녀가 쓴 글을 읽었다.

아빠는 4년 전에 돌아가셨어요. 아빠는 저를 끔찍이 아껴주셨죠. 엄마는 늘 제가 좋아하는 음식을 해주셨어요. 엄마도 돌아가신 아빠를 무척이나 그리워하셨던 것 같아요. 어느 날 엄마가 병이 들었어요. 저는 병원이 있는 읍내로 엄마를 모시고 갔어요. 돈을 다 썼지만, 엄마는 계속 아팠어요. 너무 아파서 일어나시질 못했습니다. 저는 '엄마, 제가 만든 음식 드시고 어서 일어나세요. 일어나시면 또 맛있는 걸 해드릴게요'라고 했어요. 그렇지만 엄마는 점점 더 아팠습니다. 저는 누워 있는 엄마의 손을 씻어 드렸어요. 엄마는 '얘야, 집에 가자꾸나. 여기가 편치 않구나'라고 하셨습니다. 엄마와 저는 집으로 돌아왔어요. 며칠 뒤 저는 음식을 만들고 엄마를 불렀어요. 대답이 없었어요. 엄마는 이미 하늘나라로 가셨던 거예요. 교과서에서는 대만에 일월담 호수가 있다고 해요. 호수의 물은 엄마를 그리워하는 딸의 눈물로 가득 채워져 있다고 했어요.

– 무쿠이우무 〈눈물〉, 한겨레 기사에서 발췌

중국 쓰촨성 오지 마을에 살고 있는 열두 살 무쿠이우무. 소녀는 엄마가 돌아가신 이야기를 짧은 글로 썼다. 이 글은 교실 벽에 걸려 있다가 자원봉사를 하던 교사가 인터넷에 올리면서 알려졌다. 후에 널리 퍼져 '세상에서 가장 슬픈 수필'로 회자되면서 사람들의 마음을 울렸다.

소수민족 이족(彝族) 언어를 쓰는 무쿠이우무에게 중국어와 한자는 외국어와 다름없다. 소녀는 서툰 언어로 자신의 이야기를 더듬더듬

써 내려갔다. 운이 좋게도 나는 중국어를 조금 할 줄 알아서 원문 그대로 읽을 수 있었다. 미사여구 하나 없는 깨끗한 문장으로 쓰여진 글. 짧은 글 속에 소녀의 그리움과 버거움, 슬픔과 삶이 다 들어 있었다.

무쿠이우무의 글은 얼마간 나를 따라다녔다. 머릿속에 머물다가 무언가 쓰고 싶다는 생각이 들 때마다 말간 얼굴을 내밀었다. 한동안 나는 아무것도 쓸 수 없었다. 부끄러웠기 때문이다. 나의 글이 길어지고 있었다. 늘어나는 미사여구와 변명들로 그럴듯하게 포장하고 싶었던 나의 진심은 무엇이었을까.

나에게 글쓰기는 행복하지만 두려운 일이었다. 사적인 비밀과 생각, 삶의 일부까지도 들추어 내보이는 일. 맨얼굴로 밖에 나서는 기분이 들었다. 사람들과의 자리에서 내 글에 대한 이야기가 나오면 일부러 화제를 돌리거나 모호하게 말을 얼버무리곤 했다. 나는 내가 쓴 글처럼 그런 사람이기도 하지만 언제나 그런 사람은 아니기도 하다.

그런데 내가 쓴 글로 나를 판단하면 어쩌지. 글과는 다른 내 모습에 실망하면 어쩌지. 두려웠다. 그러다 보니 누군가 비난할 여지가 있는 글에는 자기검열이 심해졌고 솔직한 글쓰기를 주저하게 됐다. 마음이 힘든 날이 많아졌다. 그때 무쿠이우무의 글을 만났다.

왜 글을 쓰기 시작했느냐는 질문을 받은 적이 있다. 글이야 줄곧 써왔지만 진짜 글을 쓰게 된 지는 얼마 되지 않는다. 스무 살이 되고 나서부터였다. 누구에게도 의존하지 않고 처음 나 자신을 책임지게 된 순간부터 나는 솔직한 내 이야기를 쓰기 시작했다. 어둡고 슬프고 아픈 이야기들을 공개적으로 한풀이라도 하듯이 엄청나게 적어 내려갔다.

그동안 숨겨왔던 내 상처를 어떻게든 처리해야 살 것 같았고, 이제는 아무한테도 상처받고 싶지 않다는 과잉방어이기도 했다. '나는 이런 사람이니까 다가오지 마. 건드리지 마' 하고. 젊은 날의 자기연민과 치기가 나를 더욱더 뾰족하게 만들었다. 쓰는 마음처럼 글도 그랬다. 글이 참 아팠다. 그렇게도 아프게 글을 쓴 이유, 가시 돋친 나를 드러냈던 이유는 '살고 싶어서'였다. 나는 내 모습으로 나답게 제대로 살고 싶었다.

그 시기를 지나온 지금. 나는 나에게 묻는다. 나는 왜 글을 쓰는 걸까. 두렵다 힘들다 하면서도 왜 계속해서 글을 쓰려는 걸까. 질문을 곱씹어보다가 돌아봤다. 글쓰기가 전혀 두렵지 않고 힘들지 않았던 때를. 그때 나는, 솔직하지 않았다. 자유롭지 않았다. 아팠지만 아프지 않은 척했고, 나빴지만 나쁘지 않은 척했다. 잘 웃고 잘 따르고 잘 지내는 소녀. 그러나 그건 내가 아니었다. 돌이켜보면 그때 내가 쓴 글에는 진짜 내 이야기가 없었다. 솔직하지 않은 글쓰기는 어렵지 않았다. 딱히 대단한 용기가 필요한 게 아니니까.
그러니까 용기. 무쿠이우무의 글이 나를 따라다녔던 이유를 알 것 같다. 솔직하게, 용기 있게 쓰라고. 삶의 말로 나의 이야기를 쓰라고. 소녀의 글은 나를 붙잡았다.

한때 아프게 글 쓰던 시기를 보내며 알게 된 것이 있다. 모든 이야기는 '나'로부터 시작된다는 것. 미워하고 좋아했던 슬퍼하고 행복했던 내가, 진짜 나였다. 나빴고 아팠던 이야기도 모두 나의 것, 나만이 쓸 수 있는 글이었다. 그리고 그런 글을 읽고 끄덕이는 사람들이 있었다. 나의 이야기를 나누었을 때, 비로소 내 슬픔은 따뜻해졌고 내 아픔은 빨간약이 되었다.
우리 모두에게는 고유하고 아름다운 이야기가 있다. 나의 이야기를 꾸준히 쓰다 보면 제 삶에 너그러운 사람이 된다. 나의 이야기를 솔직하게 꺼내고 나면 바깥세상과 그곳에 살아가는 사람들이 보인다. 이름 없는 존재들을 이해하고 위로할 수 있는 따뜻한 힘이 생긴다. 내가 글을 쓰며 배운 것들이다.

왜 글을 쓰냐는 질문에 나는 이전과 마찬가지로 '살고 싶어서'라고 대답하고 싶다. 세수를 하고 밥을 짓고 청소를 하고 아이를 돌보고 돈을 벌고 먹고 자고 숨 쉬며 살아가는 동안에도 나는 살고 싶어서.

가치 있게 살고 싶어서 글을 쓴다. 여전히 두려운 마음으로 쓰고 지우기를 반복하지만, 그저 글을 쓰는 것만으로도 나는 조금 더 나은 사람이 되는 것 같다. 두렵지만 행복한 일이다. 솔직한 이야기를, 선명한 이야기를, 사는 이야기를 계속 쓰고 싶다. 무쿠이우무의 글이 내 마음을 붙잡았듯이 내 글도 누군가의 마음에 가닿을 수 있다면 좋겠다. 만지고 쓰다듬고 가만히 붙잡아 위로해주는, 그런 손길 같은 글로.

어떠한 편견도 없이 무쿠이우무의 글을 읽었던 사람들에게 이제 소녀의 진짜 이야기를 전한다. 중국의 오지 마을에 살고 있는 열두 살 무쿠이우무는 가난하다. 이제는 아빠도 엄마도 없는 고아가 되었다. 마찬가지로 고아인 조카와 함께 살고 있다. 돼지를 치고 감자밭을 일구며 조부모를 모시고 산다. 엄마가 돌아가신 뒤 열여섯 살과 열다섯 살 언니, 오빠는 일자리를 찾아 도시로 떠났다. 그리고 열 살, 다섯 살짜리 남동생들은 자선단체가 주선한 학교에 다니려고 160킬로미터 떨어진 시창현으로 떠났다.

무쿠이우무는 앞으로 대단한 행운을 만나지 않는 이상 계속 그렇게 살 것이다. 그럼에도 이 소녀는 단단히 버티고 오늘 하루도 잘 살아낼 거라고 나는 믿는다. 자신의 상처를 담담히 써 내려간 용기와 슬픔은 일월담 호수에 흘려보내고 다시 살아가는 의연함이 그걸 증명한다. 눈물은 넣어두고 돼지를 치고 감자밭을 일구며 다시 살아갈 열두 살 무쿠이우무. 나는 소녀가 계속 글을 썼으면 좋겠다. 무쿠이우무는 나에게 작가였다. 내가 그렇게나 되고 싶었던 진짜 작가였다.

우리는 이렇게 사랑하고야 만다

1판 1쇄 발행 2019년 3월 25일
1판 2쇄 발행 2022년 2월 10일

지은이	고수리
발행처	(주)수오서재
발행인	황은희 장건태
편집	황은희 최민화 마선영 박세연
표지디자인	권미리
본문디자인	즐거운생활
마케팅	장건태 이종문 황혜란 안혜인
제작	제이오
주소	경기도 파주시 돌곶이길 170-2 (10883)
등록	2018년 10월 4일(제406-2018-000114호)
전화	031 955 9790
팩스	031 946 9796
전자우편	info@suobooks.com
홈페이지	www.suobooks.com
ISBN	979-11-965885-3-3 (03810) 책값은 뒤표지에 있습니다.

이 도서의 국립중앙도서관 출판시도서목록CIP은 서지정보유통지원시스템 홈페이지seoji.nl.go.kr와 국가자료공동목록시스템www.nl.go.kr/kolisnet에서 이용하실 수 있습니다. (CIP제어번호: CIP2019006547)

도서출판 수오서재守吳書齋는 내 마음의 중심을 지키는 책을 펴냅니다.